KB121217

로크미디어가
유혹하는
재미있는 세상

ROK
MEDIA
로크미디어

아이템
매니아

아이템 매니아 5

2017년 9월 29일 초판 1쇄 인쇄
2017년 10월 12일 초판 1쇄 발행

지은이 오메가쓰리
발행인 이종주

기획 팀 이기헌 왕소현 박경무 이승제
책임 편집 최이슬

발행처 (주)로크미디어
출판등록 2003년 3월 24일
주소 서울시 마포구 성암로 330 DMC 첨단산업센터 3층 314호
Tel (02)3273-5135 Fax (02)3273-5134
홈페이지 rokmedia.com **E-mail** rokmedia@empas.com

값 8,000원

ISBN 979-11-294-0479-4 (5권)
ISBN 979-11-294-0457-2 04810 (세트)

아이템 매니아

5

오메가쓰리 퓨전 판타지 장편소설

ROK
MEDIA

로크미디어

contents

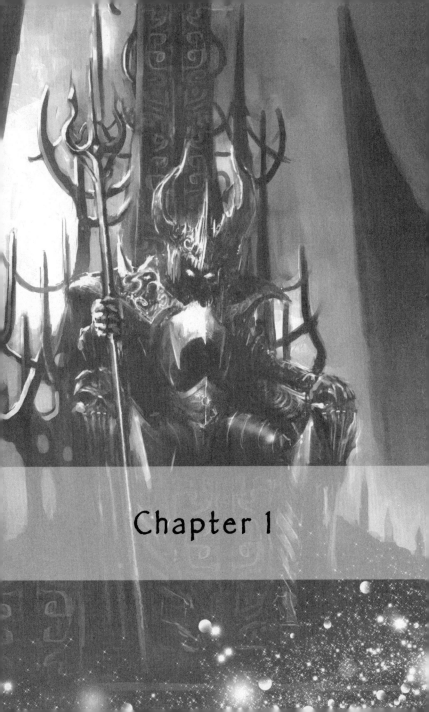

Chapter 1

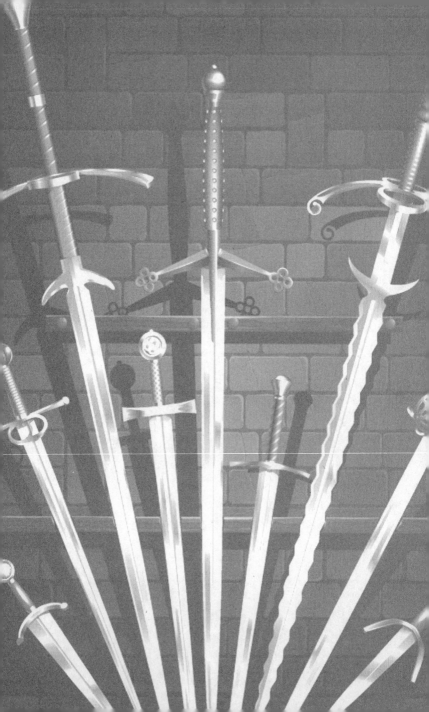

정훈이 방향을 선택한 건 단순히 폭음이 들렸다는 이유만
은 아니었다.

그의 손에 들린 것은 거대한 눈동자가 움직이고 있는 적색
수정구였다.

전설급 소비 아이템인 비홀더.

이는 일전에 사용했던 마법사의 눈보다 더욱 강력한 효과
를 지닌 탐지 마법의 아이템으로, 반경 10킬로미터 내에 있
는 모든 생명체를 표시해 준다.

다른 이들에겐 보이진 않지만 지금 정훈의 눈에는 작은 미
니 맵과 같은 홀로그램이 띄워진 상태이며, 그곳에 각종 생
명이 표시되어 있었다.

수많은 생명과 기운 중에 정훈이 고른 건 자신에게 맞는, 공을 세울 만한 가치가 있는 강력한 기운이 있는 곳이었다.

"끄으으!"

"아악!"

화마火魔가 건물 곳곳을 불태우며 화끈한 열기를 발산하고 있었다.

곳곳에선 고통에 찬 비명과 떨어지는 불똥은 세기말의 풍경을 자아냈다.

"더러운 혼혈 녀석들 같으니!"

직접 적을 찾을 필요는 없었다.

정훈을 발견한 상대가 알아서 달려와 주고 있던 것이었다.

광채에 휩싸인 금발의 사내.

빛의 검을 든 그는 발더의 아들 중 하나였다.

멋대로 마그니 일족 진영에 침범해 민간인들을 학살하고 있는 주범이었다.

정훈의 동작에 망설임은 없었다.

그의 손을 떠난 천둥의 망치 묠니르가 형용할 수 없는 속도로 적을 향해 쇄도했다.

퍼억!

단 일격이었다.

정훈이 던진 묠니르는 정확히 사내의 머리를 박살 냈고, 그 육신은 힘없이 지면에 허물어졌다.

'한 방?'

정작 적을 죽인 정훈도 놀랄 정도였다.

사실 지금 쓰러진 사내는 평범한 발더의 아들이 아닌 그의 친위대 중 하나였기 때문이다.

친위대라 함은 상위의 계급, 그리고 그에 걸맞은 무력을 갖춘 존재다.

물론 무를 중시하는 마그니 일족과 무력의 차이가 있다지만, 이렇게 쉽게 당할 정도로 형편없는 약자는 아니었다.

'내가 생각했던 것 이상이로군.'

이 현상을 설명할 수 있는 건 단 하나.

묠니르 보패의 위력 증가가 생각했던 것 이상으로 강력하다는 것이다.

분명 예전보다는 강해졌다고 예상하긴 했으나 막상 드러난 결과는 더 대단한 것이었다.

"적이다!"

"감히 우리 형제를······!"

친위대의 죽음은 금방 주변으로 퍼졌다.

근방에서 학살을 자행하고 있던 친위대 다섯이 정훈을 향해 모여들었다.

조금 전 쓰러진 발더의 친위대 셋과 한쪽 눈이 어그러진 금안의 비다르 친위대 둘이었다.

그들은 이미 적을 죽이면서 적의를 드러낼 대로 드러낸 상태였다.

더는 무슨 말이 필요할까.

"내리쳐라!"

묠니르를 하늘 높이 치켜든 정훈이 시동어를 외쳤다.

쿠르릉!

별안간 하늘에 드리운 먹구름이 요란한 굉음을 내며 다섯 줄기의 푸른 번개를 내렸다.

모든 속성 중 빠르기에서만큼은 독보적인 번개 속성.

찰나에 불과한 순간, 적들을 노렸으나 그들도 예사롭지 않은 실력의 소유자들이었다.

어느새 번개를 피한 그들이 정훈에게 쇄도했다.

"마구 내리쳐라!"

그러나 정훈은 아랑곳하지 않은 채 묠니르의 권능을 퍼부었다.

좀 더 넓은 영역에 드리운 먹구름에서 쉴 새 없이 푸른 번개가 번쩍였다.

콰콰콰쾅!

지면에 닿을 때마다 굉음이 울리며 넓은 크레이터가 생겨났다.

움직이는 방향마다 내리치는 번개통에, 그들이 정훈에게 접근하기란 요원한 일이었다.

오직 번개를 피하는 데 정신을 집중할 수밖에 없었다.

"잡았다!"

정훈이 노린 건 그 순간에 생기는 빈틈이었다.

막 번개를 피해 몸을 날리고 있던 비다르의 친위대 하나에게 접근한 그는 다시 한 번 묠니르를 휘둘렀다.

카앙!

붉은 광택이 감도는 창이 궤적의 중간에 끼어들었다.

몸을 날리는 와중에도 용케 공격에 맞선 것이다.

하지만 그것까지 정훈의 예상 안에 있는 움직임이었다.

마치 허상처럼 잔상을 남긴 묠니르가 사라졌다.

애초에 적의 방어를 유도하기 위한 허초.

진짜 공격은 적의 머리로 쇄도하는 중이었다.

빠악!

어김없이 머리가 박살 난 적이 쓰러졌다.

"죽어라!"

빈틈을 노린 건 정훈만이 아니었다.

전황을 유심히 관찰하고 있던 적 두 명이 양쪽에서 공격을 감행했다.

빛의 검과 붉은 광택의 창이 상단과 중단으로 나뉘어 들어오고 있었다.

일격필살의 기운이 깃든 강맹한 협공에, 정훈의 안광이 순간적으로 번뜩였다.

카각!

붉은 창은 묠니르로 막고, 빛의 검은 맨손으로 잡았다.

"아니, 이건⋯⋯."

"말도 안 되지?"

경악한 발더의 친위대를 대신해 말을 이었다.

빛의 검은 발더의 권능 중 하나다.

강력한 열을 지닌 이 검을 맨 손으로 잡는다는 건 불가능한 일이었다.

"그런데 돼."

보이진 않으나 정훈의 양손에는 투명한 장갑 야른그레이프가 씌워져 있었다.

이 장갑의 경우 번개 속성에 대한 저항력 및 위력 상승의 효과 이외에도, 단단한 내구성으로 보호구의 역할도 겸하고 있다.

파지직.

"으으으으!"

뿐만 아니라 번개의 기운을 축적해 지금처럼 방출할 수도 있다.

정훈의 의지에 따라 방출된 전격은 빛의 검을 타고 상대를 감전시켰다.

사내는 감전으로 인한 일시적인 쇼크 상태가 되었다.

이윽고 정훈의 주먹이 사내의 관자놀이를 가격했다.

"아으!"

의식을 잃을 정도의 아득한 충격에 미처 균형을 잡지 못한 사내가 비틀거리던 그 순간, 정훈은 그의 복부를 세게 걷어 찼다.

실이 끊어진 연처럼 형편없이 날아간 상대가 이내 지면을 굴렀다.

갈비뼈는 물론 내장이 크게 손상됐으니 가만히 내버려 둬 도 알아서 죽음에 이를 것이다.

"흐압!"

한눈판 사이를 노려 남은 적 하나가 창에 힘을 실었다.

묠니르를 통해 그 압박감이 느껴졌지만 그 정도는 충분히 감당할 만한 것이었다.

"흡!"

정훈은 오히려 힘을 주어 상대를 밀어냈다.

근력 하나만큼은 장로들과 견주어도 전혀 밀리지 않는다.

온몸의 근육을 이용해 힘을 싣는 순간 그 힘을 버티지 못 한 상대가 오히려 뒤로 휘청거렸다.

균형을 잃은 상대의 정강이를 걷어찼다.

그 반동으로 공중에 솟구쳐 오른 상대의 몸이 세로로 놓인 그 순간이었다.

뻐걱.

솟구친 정훈의 무릎이 상대의 허리를 분질러 버렸다.

폴더처럼 접힌 사내는 비명도 지르지 못한 채 절명했다.

눈 깜짝할 사이 세 명의 적을 처리한 정훈의 고개가 좌우로 돌아갔다.

공격은 없었다. 그저 도주하는 적을 확인하고 있을 뿐이었다.

남은 두 명은 뒤도 돌아보지 않은 채 달려가고 있었다.

서로 반대 방향으로 흩어진 것을 보니 이미 상의가 된 것이 틀림없었다.

"어딜 가시려고?"

자신의 활약이 알려지게 되면 여러모로 피곤해진다.

생존자를 남겨 둘 수 없었던 정훈의 눈에 살의가 깃들었다.

"가랏!"

마치 투포환 선수가 포를 던지듯 빙글빙글 회전하며, 그 원심력을 이용해 묠니르를 던졌다.

후웅후웅.

그야말로 괴력이 깃든 묠니르가 대기를 찢어 버리며 빠른 속도로 나아갔다.

"오지 마, 오지 마!"

오른쪽으로 도주하며 힐끗 뒤를 응시한 사내가 겁에 질려 소리쳤다.

그의 눈에 묠니르는 작디작은 망치가 아니라 태산처럼 거대하게만 보였다.

"으아아!"

그는 악을 쓰듯 창을 내질렀다.

빠캉!

그러나 묠니르는 붉은 창을 산산조각 내어 부숴 버리고는 사내의 가슴을 관통했다.

상대의 저항이 꽤 거셌을 텐데도 속도는 줄지 않았다.

여전히 위력과 속도를 유지한 묠니르가 유연한 곡선을 그리며 남은 적의 뒤통수를 향해 나아갔다.

파지지.

분명 꽤 먼 거리였다.

하지만 어느새 발더의 친위대의 근처로 접근한 묠니르가 새파란 스파크를 튀겼다.

"빛이 나를 보……."

급박한 순간, 발더의 권능을 이용해 위기를 벗어나려던 그는 끝까지 시동어를 외치지 못했다.

퍼억!

묠니르가 그의 머리를 스치듯 지나갔고, 그것으로 끝이었다. 정훈의 전력이 담긴 묠니르는 두 번의 공격을 허용하지 않았다.

마침내 다섯 명의 적 모두를 쓰러뜨린 정훈은 다시 자신의 손에 돌아온 묠니르를 쥐었다.

'다음은…….'

전투를 끝낸 어떠한 감상도 없었다. 다만 공을 세우기 위한 다음 목표를 찾을 뿐이었다.

　정훈의 활약은 일개 친위대가 보일 수 있는 게 아니었다.

　전투가 시작된 지 이제 겨우 1시간이 지났을 뿐.

　그의 손에 죽은 발더와 비다르의 친위대 숫자는 무려 50에 달했다.

　다른 동료가 이제야 겨우 한두 명, 상위의 자리를 차지한 이들도 많아 봐야 네다섯 명인 것을 감안하면 놀랄 만한 활약이었다.

　단순히 양만 많은 것도 아니라 그 질에서도 차이가 컸다.

　정훈에게 죽은 적 중엔 발더의 친위대 십석, 팔석, 칠석, 오석, 그리고 비다르의 친위대 십일석, 육석, 오석, 삼석 등이 포함되어 있었다.

　이러한 정훈의 활약으로 인해 전투의 양상은 점차 마그니 일족에게로 조금씩 기울고 있었다.

　조금의 시간이 더 주어졌더라면 상황을 역전하는 것도 가능했겠지만, 상황은 그리 쉽게 흘러가지만은 않았다.

　뾰족한 송곳은 반드시 드러나기 마련이다.

　정훈의 활약을 전혀 예상하지 못한 한 존재를 불러냈다.

　"어째서 네가……?"

막 발더의 친위대 하나를 죽음으로 이끈 정훈은 낯선 이의 방문을 받게 되었다.

전면으로 찬란한 휘광에 휩싸인 존재가 보였다.

태양빛이 그러하듯 감히 똑바로 쳐다볼 수 없을 정도의 빛을 뿜어 대는 이였다.

이러한 존재감을 지닌 자라면 오직 하나밖에 없었다.

"발더⋯⋯."

빛의 신 발더.

마그니와 함께 주신 후보에 꼽힌 일족의 수장이었다.

"너의 악명이 자자하여 내 직접 이곳을 찾았느니라."

마치 봄바람의 따스함처럼 나긋하기 그지없는 말투였다.

하지만 그 내용은 결코 호의적이지 않은 것이었다.

"악명은 무슨. 네 아들이라는 녀석들은 죄 없는 민간인들을 마구잡이로 학살하고 있던데."

당황한 것도 잠시, 위대한 존재를 눈앞에 둔 정훈에게 두려움 따윈 없었다.

"그들은 더러운 거인들과 결탁한 배신자들. 당연히 죽어 마땅하다."

"아주 지랄을 하세요. 그게 나에게 먹힐 거라고 생각한 건 아니지? 그런 억지는 저기 멍청한 너네 추종자들에게나 가서 해."

마그니를 치기 위한 억지 명분.

이미 전후 사정을 다 알고 있는 정훈에겐 씨알도 먹히지 않을 변명에 불과했다.

"과연 미천하기 그지없는 인간이로구나. 네 특별히 너를 어여삐 여기려 했으나 안 되겠다."

주변으로 뻗은 발더의 휘광이 사납게 요동친다.

팔을 뻗은 발더의 손아귀에 빛의 기운이 모여들어 검의 형상을 이루었다.

고오오.

지금껏 발더의 친위대를 상대하던 중 숱하게 보아 온 빛의 검이었으나, 발더의 것은 달랐다.

뭐라 형용할 수 없는 압박감이 사방으로 퍼져 나가고 있었다.

"잠깐!"

절정으로 치닫던 기운은 정훈의 한마디로 잠시 중단되었다.

"한 가지 궁금한 게 있는데. 물어도 될까?"

"죽기 전 마지막 소원이더냐? 좋다. 내 특별히 아량을 베풀어 주마."

'아량은 개뿔.'

물론 속마음이 겉으로 나타나는 일은 없었다.

"네가 왜 여기 있지? 비다르 혼자 마그니를 감당할 순 없을 텐데."

줄곧 궁금했었다.

무력 면에서 마그니는 셋 중 가장 강하다.

그렇기에 발더와 비다르 둘이 협공을 가해야만 균형을 유지하거나 조금의 우위를 점할 수 있는 것이다.

그런데 지금 발더는 이곳에 있다. 도대체 왜?

"굳이 내가 나설 필요 없으니. 마그니는 반드시 오늘 죽게 될 것이다."

그리 말하는 발더에겐 확신이 깃들어 있었다.

'설마?'

상세한 내용은 없었다.

하지만 정훈의 영악한 머리는 그곳에서 많은 단서를 얻을 수 있었다.

'이거 위험한데.'

그게 사실이라면 마그니는 반드시 죽을 수밖에 없다.

마그니가 죽게 되면 전쟁은 패하게 되고 정훈이 노리는 것 또한 얻지 못하게 된다.

무슨 일이 있어도 그 일만은 막아야 했다.

"이제 그만 벌을 받으라!"

발더는 더 생각할 여유를 주지 않았다.

폭발하듯이 영역을 확장한 빛의 검을 휘둘렀다.

그러자 주변을 잠식한 빛의 기운이 하얀 파도를 이루어 정훈을 집어삼키기 위해 움직였다.

그것은 재앙. 그 무엇으로도 감당할 수 없는 절대의 기운이었다.

하지만 정훈은 전혀 동요하지 않았다.

죽음을 직감했기 때문에? 아니, 오히려 그는 희미한 미소를 짓고 있었다.

"다른 놈은 몰라도 너라면 내가 감당할 수 있지."

하필 발더가 이곳을 찾은 건 운명이었다. 조금 더 살아남아 활개를 치라는 운명의 계시 말이다.

"눈먼 이의 나뭇가지가 시위를 떠났도다."

시동어를 외친 그의 품에서 나온 건 싱싱한 푸른 잎을 가진 나뭇가지였다.

이건 오래된 이야기다.

빛이 사라지면 비로소 신들의 황혼, 라그나뢰크가 일어난다는 예언이 있었다.

빛. 그것은 바로 발더를 뜻하는 것이다.

이에 오딘의 아내이자 발더의 어머니이기도 한 여신 프리그는 아들의 죽음을 막기 위해 서약을 받으러 다닌다.

그 서약이란 건 발더에게 해가 될 만한 모든 것들에게 절대 그를 해하지 않겠다는 약조를 받아 낸 것이다.

프리그 여신의 정성은 과연 대단한 것이어서 세상을 구성하는 모든 것들에게 서약을 받을 수 있었다.

단 하나, 혹독한 겨울을 이겨 낸 어린 겨우살이 나무 하나를 제외하면 말이다.

'겨우 저 어린 나무가 무얼 할 수 있겠는가.'

대수롭지 않게 여긴 프리그는 겨우살이 나무에게 서약을 받지 못한 채 아스가르드로 되돌아가고 말았다.

마침내 찾아온 예언의 날.

아스가르드의 모든 신들이 모였다.

불사의 생명을 얻은 발더를 축하하기 위한 자리였다.

분위기가 무르익을 무렵, 어느 한 신이 장난처럼 무기를 휘둘렀다.

분명 발더를 노린 것이었으나 마치 의지를 지닌 것처럼 무기 스스로 빗나가는 것이 아닌가.

프리그가 받은 서약이 제대로 효과를 발휘하는 순간이었다.

한 신의 장난은 곧 발더에 대한 경의를 표하는 축복으로 바뀌었다.

자리에 모인 모든 신들이 발더를 향해 각자의 무기로 공격했다. 하지만 세상 그 무엇도 그에게 상처를 입힐 수 없었다.

모두가 발더를 축복하고 있을 때 유일하게 그를 저주하고 있는 한 신이 있었다.

'망할 아스가르드 놈들. 나에게 모욕을 줘?'

그는 다름 아닌 로키였다.

신들과의 내기로 단단히 망신을 당한 바 있었던 그는 아직도 앙심을 품고 있었던 것이었다.

거기에 자신과 달리 모든 신의 사랑을 받는 발더를 보고 있자니 배알이 뒤틀려서 도저히 그냥 있을 순 없었다.

권능을 이용해 인간 여자로 변신한 그는 프리그 여신을 찾아갔다.

교묘한 화술로 그녀의 환심을 산 그가 말하길⋯⋯.

'지금 신들이 발더 님께 무슨 짓을 하는지 알고 계십니까?'

'당연히 알고 있지요. 발더를 축복하기 위해 각자의 무기를 휘두르고 있는 중이죠.'

'위험하지 않겠습니까?'

'괜찮습니다. 세상 모든 것들에게 발더를 해하지 않겠다는 서약을 받았으니.'

'도무지 믿을 수 없습니다. 세상 모든 것에게 그런 약속을 받아 낼 수 있다니 말입니다.'

여기서 멈췄어야 했다.

그러나 로키의 화술에 감쪽같이 속아 넘어간 프리그는 결코 하지 말아야 할 비밀을 내뱉고 말았다.

'네. 그건 결코 쉬운 일이 아니었죠. 서쪽 끝 어린 겨우살이 나무 하나만 제외한다면 세상 모든 것에게 약조를 받았답니다.'

마침내 목적한 대로 비밀을 듣게 된 로키는 홀연히 모습을 감췄다.

다시 그가 나타난 것은 서쪽의 끝, 어린 겨우살이 나무가

자라고 있는 곳이었다.

그곳에서 겨우살이 나무를 캔 그는 다시금 아스가르드로 돌아왔다.

돌아온 로키가 곧장 한곳으로 향했다.

그가 접근한 곳에는 눈먼 신 회두르가 있었다. 발더의 동생이기도 한 그는 어쩐 일에선지 가만히 자리를 지키고만 있는 중이었다.

'회두르, 당신은 형을 축복하지 않을 생각이오?'

의도적으로 접근한 로키의 물음에…….

'나는 눈도 보이지 않거니와 형을 축복할 무기도 없습니다.'

순진한 회두르는 솔직한 심정을 말했다.

'그건 걱정하지 마시오. 여기 내가 쓸 만한 무기를 가져왔으니. 그리고 눈이 보이지 않는 게 뭐 대수라고. 내가 방향을 알려 줄 터이니 그곳으로 이 무기를 던져 보지 않겠소?'

그렇지 않아도 동생의 신분으로 가만히 있는 게 그리 좋아 보이진 않았던 회두르였다.

로키의 호의 아닌 호의에 고개를 끄덕인 그는 모든 것을 그의 손에 맡겼다.

음흉한 미소를 지은 로키는 회두르의 손을 빌려 마침내 겨우살이 나무를 발더에게 쏠 수 있었다.

퍽!

서약을 하지 않은 겨우살이 나무는 정확히 발더의 심장을 관통했고, 잠시 후 발더는 숨을 거두고 말았다.

라그나뢰크의 전조, 빛이 사라지는 예언이 실현된 것이었다.

이 세계의 이야기를 꿰뚫고 있었던 정훈은 당연히 아스가르드의 비화 또한 알고 있었다.

그렇기에 신 아스가르드에 도착했을 때도 가장 먼저 목표로 한 게 서쪽 끝에서 자라고 있는 겨우살이 나무를 캐는 것이었다.

발더의 유일한 약점이라는 것을 알고 있었던 것이다.

발더라는 거물을 잡기 위한 유일한 수단. 이를 놓칠 정훈이 아니었다.

시간과 공을 들인 덕분에 겨우살이 나무를 획득할 수 있었고, 지금 그의 손을 떠나 발더에게 쇄도하고 있는 게 바로 그것이었다.

쐐애애애!

일족의 수장이자 주신 후보 중 하나인 발더다.

현재 겨우살이 나무엔 사용할 수 있는 모든 무구의 권능, 그리고 모든 힘을 집결한 상태였다.

물론 그렇다 해도 발더의 권능과는 비교할 수 있는 게 아니었다.

천재지변이라 부를 만한 발더의 힘은 지금의 정훈이 감당할 수 있는 게 아니었으니까.

그렇기에 발더의 얼굴엔 여유가 넘쳤다.

자신을 향해 쇄도하는 게 겨우살이 나무라는 걸 확인하기 전까지는 말이다.

"겨, 겨우살이?"

불사지체인 그의 유일한 약점. 한 번 죽음을 경험해 본 그는 겨우살이의 위력에 대해서 그 누구보다 잘 알고 있었다.

하지만 몸을 빼기엔 늦었다.

경계하지 아니하고 자만하고 있었던 탓이다.

과신은 동작을 굼뜨게 했고, 이미 빛의 권능과 겨우살이는 정면으로 충돌하는 중이었다.

소음은 없었다.

천재지변과도 비견될 그의 권능은 겨우살이에 의해 종잇장처럼 찢겨 나갔다.

믿을 수 없는 일이었다. 하지만 당연한 일이기도 했다.

권능은 주인의 의지.

공포로 몸을 떠는 발더의 의지는 겨우살이 앞에서 한없이 나약할 뿐이었던 것이다.

"안 돼!"

거대한 빛의 덩어리가 발더를 감쌌다.

자신이 지닌 모든 빛의 힘을 몸 주변으로 감싸 저항하려는 것.

그것은 마지막 발악이었다.

푸욱.

세상 그 무엇도 뚫을 수 없을 것 같았던 빛의 보호막이었으나 이 역시 겨우살이 앞에 힘없이 무너졌다.

정훈이 직접 깎아 만든 겨우살이 나무창은 정확히 발더의 미간을 꿰뚫었다.

곧이어 그를 감싸고 있던 찬연한 빛이 옅어지기 시작했다.

이내 모든 빛이 사라지고 그곳에 남아 있는 건 회색의 인간 형체였다.

푸스스.

마치 모래로 만들어진 것처럼 허물어진 형체.

마그니, 비다르와 함께 새로운 세계를 열었던 빛의 신 발더의 허망한 죽음이었다.

–빛의 신 발더 처치. '언령 : 빛을 삼킨 자' 각인.

–신 아스가르드 주신 후보 발더 처치. '언령 주신의 후보자' 각인.

언령 : 빛을 삼킨 자

획득 경로 : 빛의 신 발더 처치.
각인 능력 : 빛 속성 +50퍼센트, 모든 빛 속성 공격에 대해 10퍼센트의 확률로 절대 방어.

발더를 처치한 즉시 2개의 언령이 각인되었다.

절대 불가능할 것만 같았던 발더를 처치한 위업인 만큼 그 효과는 말할 것도 없었다.

게다가 발더의 잔해 위로 쏟아진 전리품.

영롱하기 그지없는 광택을 뽐내는 게, 보는 것만으로도 그 무구의 질을 알 수 있었다.

'시간이 없다.'

하지만 정훈의 얼굴은 심각하게 찌푸려져 있었다.

빠르게 모든 전리품을 회수한 그는 확인할 새도 없이 곧바로 몸을 튕겼다.

한가로이 전리품을 확인하고 있을 때가 아니었다.

예상이 맞다면 지금 마그니는 매우 위험한 상황에 처해 있을 터였다.

하지만 그가 나아가는 방향은 마그니가 있는 수장의 저택이 아니었다.

백색의 성도 북쪽 끝에 위치한 절대의 금역, 희생의 성지로 향하고 있었다.

희생의 성지.

신분, 종족에 관계없이 그 누구의 출입도 불허하는 성도의 금역을 말한다.

세계를 연 당사자이자 금역으로 정한 세 명의 신들조차도 함부로 출입할 수 없는 불가사의한 지역.

지금 정훈은 그곳을 눈앞에 두고 있었다.

석조물로 세워진 거대한 입구.

그 앞에는 흡사 살아 있는 것처럼 생동감 넘치는 조각상이 4개 서 있었다.

풀잎을 하늘 높이 든 여인.

거대한 늑대와 사투를 벌이는 남성.

흰색 천으로 눈을 가린 남성.

그리고 망치로 뱀의 몸통을 두 동강 내는 남성.

입구 전방으로 배치되어 있는 석상이 누구를 기리기 위한 것인지 이 세계의 사람들은 모른다.

오직 주신 후보 세 신과 정훈을 제외하면 말이다.

'난나, 발리, 회두르, 모디.'

사실 라그나뢰크에서 살아남은 신은 셋만이 아니었다.

발더의 아내인 난나 여신과 동생 회두르, 비다르의 동생인 발리, 그리고 마그니의 동생인 모디, 이렇게 네 명, 총 일곱의 신이 살아남았다.

하지만 지금에 와서 그들은 잊히게 되었다.

왜?

그건 바로 이곳, 신 아스가르드를 다른 차원과 단절시키기 위한 동력으로 사용되었기 때문이다.

아무리 신들의 권능이 대단하다곤 하나 차원을 분리시키는 건 힘든 일이다.

애초에 적당한 지역 정도라면 모를까 세계 자체를 분리시키는 건 불가능했다.

이에 토론을 거듭하던 일곱 신들은 한 가지 결론에 도달하게 되었다.

강력한 권능으로 이루어진 신의 육신과 정신을 에너지원으로 사용하는 영면의 마법이 바로 그것이었다.

영원히 깨어나지 못하는, 죽음과도 같은 길.

그것을 알면서도 난나, 발리, 회두르, 모디 네 신은 세계를 위해 기꺼이 영면에 들어가는 길을 택했다.

정훈의 눈앞에 있는 희생의 성지가 바로 영면에 빠진 네 신을 봉인한 장소였다.

'평소라면 접근하는 게 불가능하겠지만……'

곳곳에 설치된 마법 함정과 강력한 가디언은 현재 정훈의 힘으로는 돌파하는 게 불가능했다.

하지만 그는 태연히 그곳에 발을 들이고 있었다.

시커먼 입구를 지나 안으로 들어서자 예상했던 풍경이 눈앞에 펼쳐졌다.

'역시.'

넓은 복도엔 치열한 싸움이 있었던 듯 곳곳이 파여 있었다.

뿐만 아니라 길목마다 쓰러져 있는 신족은 다름 아닌 금역을 지키는 가디언들이었다.

그 누가 있어 성지를 이렇게 만들 수 있단 말인가.

'비다르와 발더. 그들이라면 가능하지.'

마법 함정의 위치 그리고 가디언들이 의심하지 않을 존재라면 성지를 만든 장본인들밖에 없다.

물론 마그니는 제외했다.

그에겐 이러한 일을 벌일 동기 자체가 없었으니 말이다.

엉망이 된 복도를 지나 계속 전진했다.

혹시 있을지 모를 적과 함정에 대비해 경계를 늦추지 않았으나 그의 앞을 막는 건 아무것도 없었다.

마침내 복도의 끝에 도달했다.

그 끝에는 봉인되어 있어야 할 문이 활짝 열린 채였다.

조심스레 안으로 들어선 그의 눈에 들어온 건 거대한 원형의 마법진과 그 중앙에 놓인 크리스털 재질의 관 4개였다.

원래는 닫혀 있어야 할 관 중 3개의 뚜껑이 열린 상태였다.

예상을 한 치도 벗어나지 않는 상황이었다.

'자리가 사람을 만든다더니. 신들도 예외는 아니군.'

지금까지 추측에 불과했으나 이제는 확신할 수 있었다.

비다르와 발더는 마그니와의 전쟁에서 확실한 우위를 점하기 위해 봉인에 들었던 신들을 깨운 것이다.

마그니의 동생인 모디 하나를 제외한 채 말이다.

그렇다는 건 현재 마그니가 비다르, 발리, 회두르, 난나와의 1 : 4의 불리한 전투를 펼치고 있다는 것을 뜻한다.

당장 모디를 깨워 마그니와 합세해야 하는 시점이었다.

하지만 정훈은 섣불리 움직이지 않았다.

'모디마저 깨우면 거인들이 침입하게 될지도 모른다.'

비록 불안정하긴 하지만 모디로 인해 차원 분리 마법이 유지되고 있다.

그 말인즉 모디를 깨우게 되면 마법의 효력이 사라지고, 호시탐탐 아스가르드를 노리는 거인들에게 침입의 발판을 마련해 주는 것이나 다름없다.

사건이 터져 보상이 늘어나는 건 환영할 만한 일이다.

하지만 그 사건이 자신이 감당할 수 없는 수준이라면?

특히 아스가르드의 경우 내전으로 약해질 대로 약해지고 말았으니 거인들과의 전쟁에서 승산은 없다고 봐야 한다.

어떻게 이 상황을 타개해야 할까.

짧은 순간 그의 뇌리로 오만가지 생각이 스치고 지나갔다.

하지만 좀처럼 해결책을 찾지 못하던 그때였다.

'잠깐.'

마치 번개가 내리치듯 번뜩였다.

지금까지완 달리 발상을 전환하는 순간 마침내 원하는 결론에 도달할 수 있었다.

다음 순간, 망설임은 없었다.

마법진 안으로 들어간 그는 닫혀 있던 크리스털 관의 뚜껑을 거침없이 열었다.

관 속에는 거대한 체구의 사내, 마그니와 너무도 흡사한 생김새의 거인이 잠에 빠져 있었다.

급하게 깨우는 일은 없었다.

무슨 부작용이 있을지 알 수 없기에 그저 지켜보기만 해야 했다.

그렇게 잠시 후, 무겁게 내려앉아 있던 눈꺼풀이 위로 치솟으며 번개를 닮은 푸른 눈동자가 드러났다.

뿌드득.

몸을 일으키자 오래도록 굳어 있었던 관절이 비명을 질러 댔다.

그럼에도 인상 한 번 찌푸리지 않은 거인, 모디는 반쯤 몸을 일으킨 채 주변을 둘러봤다.

"나를 깨운 이가 네놈이냐?"

다시는 눈뜨지 못할 거로 생각했건만…….

그보다 처음 눈을 떴을 때 보이는 이가 같은 형제가 아닌 인간일 줄은 생각도 못했다.

"용서하십시오. 상황이 시급하여 어쩔 수 없었습니다."

깊숙이 고개를 조아린 정훈의 이야기가 시작되었다.

비다르와 발더의 음모 그리고 형인 마그니의 위기까지.

짧지만 많은 내용이 함축된 이야기가 흘러나왔다.

"정녕 그들이 변절하였단 말인가."

열려 있는 3개의 관.

이 명백한 증거가 있으니 정훈의 말을 믿지 않을 수 없었다.

"내 그냥 두고 볼 수만은 없지. 앞장서라. 어서 빨리 형님을 도와야만 한다."

상황이 급박하게 돌아가고 있음을 인지한 모디가 재촉했다.

물론 바라던 바였다.

모디를 이끈 채 마그니가 있는 수장의 저택을 향해 날아갔다.

❧

"크으!"

핏빛 기운이 만연한 창이 옆구리를 쑤셨다.

다른 공격을 신경 쓰느라 미처 방비하지 못한 상태였기에 일격을 허용하고 만 것이었다.

피를 흩뿌린 마그니가 비틀대며 뒤로 물러났다.

"순순히 죄를 인정하고 죽음을 받아들이게, 친구."

물러나는 마그니를 보며 혀를 찼다.

검은 안대로 눈을 가린 이는 비다르.

조금 전 핏빛 창으로 공격한 장본인이었다.

"죄를 뉘우치라니. 내가 무슨 죄를 지었단 말이냐."

거인과 결탁했다니.

있지도 않은 죄를 뒤집어씌워 놓고 이게 뭐 하는 짓이란 말인가.

마그니로선 그저 지금 순간이 어이없을 뿐이었다.

"그래도 끝까지. 마그니, 당신을 믿고 기꺼이 영면에 들어간 게 너무도 후회스럽군요."

꽃으로 장식된 아름다운 드레스를 입은 금발의 미녀. 아군의 상처를 돌보아 주고 그 능력치를 상승시키는 권능을 지닌 식물의 여신 난나였다.

"죄를 지었으면 응당 벌을 받아야지."

회색 머리칼의 사내.

한 손엔 칼, 그리고 다른 한 손에는 두꺼운 책을 든 그는 복수의 신 발리였다.

"이제 그만 끝내는 게 좋을 것 같습니다."

하얀 천으로 눈을 가린 맹인의 신 회두르가 마지막으로 덧붙였다.

짧은 대화에서 알 수 있듯 이미 전투의 승패는 나 있는 상태였다.

크고 작은 상처로 얼룩진 마그니의 육신은 금방이라도 쓰러질 것처럼 위태했다.

그럴 수밖에 없는 게 아무리 마그니의 무력이 대단하다곤 하나 4 : 1의 전투였다.

그것도 구 아스가르드 시절부터 살아남은 주신급 넷이니, 승패는 이미 정해져 있는 것이나 다름없었다.

지금까지 버틴 것도 그들이 전력을 다하지 않았기 때문이었다.

"스스로 치욕을 씻을 기회를 줬거늘. 굳이 마다하겠다면 어쩔 수 없지. 우리의 손을 더럽히는 수밖에."

비다르가 눈짓했다.

이제 그만 끝내자는 신호였다.

이에 호응하여 다들 고개를 끄덕였고, 그들의 주변으로부터 강대한 기가 뿜어져 나오기 시작했다.

마지막 일격을 가하기 위한 준비 태세였다.

"하하하하!"

소용돌이치는 기운의 중심에 선 마그니가 돌연 광소를 터뜨렸다.

'더러운 누명을 뒤집어쓰고도 그냥 갈 순 없지. 내 적어도 비다르 네놈만큼은 길동무로 삼으리라.'

주신급 신 넷을 상대로 살아남는 건 불가능하다.

하지만 죽음을 각오한다면 적어도 한 명에게 치명적인 타격은 줄 수 있으리라.

마그니의 이글거리는 두 눈은 오직 비다르에게 향해 있었다.

어차피 영면에서 깨어난 이들은 제반 사정을 알지 못한다.

이 모든 일의 원흉은 비다르와 발더.

이 자리에 발더가 없으니 그의 목표는 비다르가 될 수밖에 없었다.

신들이 일으키는 기운에 맞서 자신에게 주어진 모든 힘을 끌어 올렸다.

고오오오

그들 중심으로 사나운 기의 폭풍이 몰아닥쳤다. 닿는 모든 것을 파괴하는 강력한 기운.

그리고 마침내 그 기운이 절정에 이르렀을 무렵이었다.

"으랴!"

"흐압!"

세상이 떠나가라 함성을 터뜨린 다섯 신이 서로를 향해 달려갔다.

한쪽이 압도적인 힘을 지니고 있었으니 결과야 너무도 뻔했다.

단지 이 전투의 결말은 마그니가 원했던 대로 비다르에게 치명적인 피해를 줄 수 있느냐, 없느냐가 관건이었을 것이다.

적어도 다른 방해꾼이 참전하기 전까지는 말이다.

"형님!"

격돌이 일어나는 그 찰나의 순간, 훼방꾼이 끼어들었다.

어딘가 익숙한, 번개의 기운으로 무장한 그는 다름 아닌 동생 모디였다.

"모디!"

동생을 확인한 그의 눈에 의문이 일었다.

하지만 그 빛은 금방 지워졌다. 대신 반가움과 기쁨만이 가득 차올랐다.

구 아스가르드에서도 소문이 자자할 정도로 타고난 무력의 형제였다.

비록 수에서는 밀리지만 질에서는 절대 부족하지 않다.

두 형제가 뭉치자 지금까지완 비교도 할 수 없는 강력한 번개의 기운이 형성되었다.

콰콰쾅!

여섯 신이 일으킨 충돌은 성도 전체로 퍼져 나갔다.

충격파와 함께 여진이 일어나 성도를 들썩이게 만들었다.

"크흐."

고통에 찬 신음과 함께 충격파가 걷히고 전황이 드러났다.

여섯 신 모두 상태가 말이 아니었다.

입가에선 연신 새빨간 피를 흘리고 있으며 사지 중 한 곳이 뜯겨져 나가거나 몸 곳곳이 형체를 알아볼 수 없을 정도로 짓뭉개져 있었다.

양패구상.

누구 하나 이득을 취하지 못한 채 모두가 전투 불능에 빠진 상황이었다.

"나, 난나, 어서 치유를……."

무릎을 꿇고 있었던 비다르가 난나 여신을 찾았다.

그녀의 권능 중 하나는 회복. 약간의 기운만 있다면 이들을 회복시키는 건 일도 아니었던 것이다.

"쿨럭. 잠시만 기……."

한차례 피를 쏟아 낸 그녀가 막 권능을 일으키려던 그 순간이었다.

서걱.

백화의 검이 그녀의 목을 스치고 지나갔다.

데구르르.

미처 방비하지 못한 그녀의 목이 지면을 뒹굴고, 모두의 시선이 난나 여신의 뒤편에 선 이에게 향했다.

"한정훈!"

그를 본 마그니의 입가에 환한 미소가 피어났다.

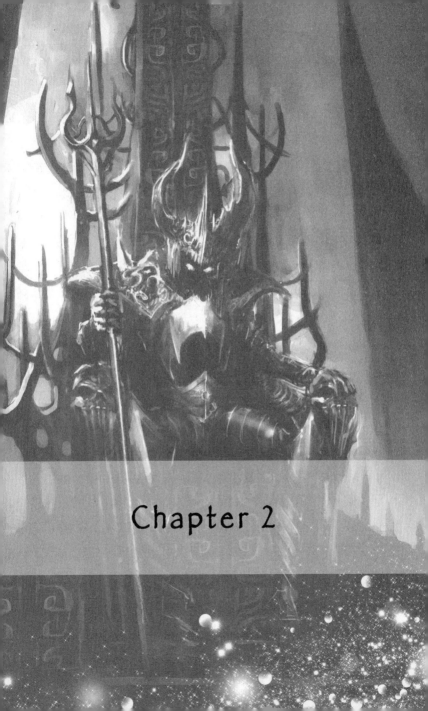

Chapter 2

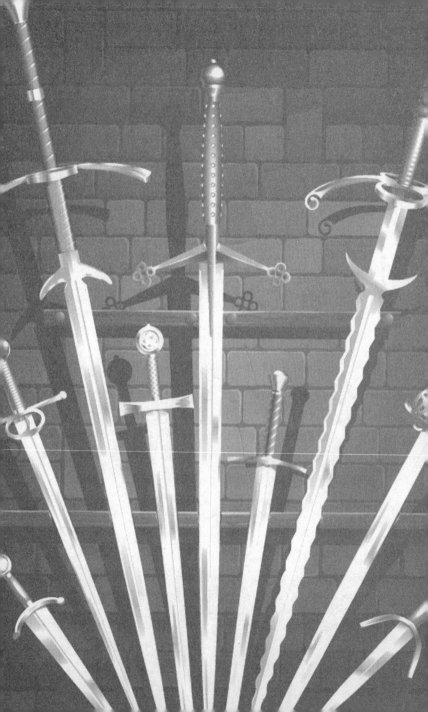

　모디와 함께 현장에 도착했지만 정훈은 전투에 끼어들지 않았다.

　그가 노리는 것은 결정적인 기회다.

　'두 무리가 충돌한다면 결코 가볍게 끝나진 않을 것이다.'

　과연 예상했던 대로 팽팽한 힘의 충돌은 양패구상을 낳았다.

　상황을 확인하는 즉시 움직였다.

　가장 먼저 노린 건 치유의 권능을 지닌 난나 여신이었다.

　그녀가 끼어드는 순간 모든 계획이 어그러진다.

　퀴네에를 써 흔적을 지운 그는 곧장 난나 여신에게 접근해 목을 베었다.

신족에게 강력한 피해를 주는 수르트의 검, 화신을 사용해서 말이다.

백화의 검은 지친 난나 여신의 숨을 단숨에 끊어 버렸고 장내는 경악과 환호에 휩싸였다.

─식물의 여신 난나 처치. '언령 : 자연의 파괴자' 각인.

상세 정보를 확인할 틈은 없었다.

지금 눈앞에 맛있는 먹잇감이 지천으로 널려 있었기 때문이다.

"감히 미천한 인간 따위가……."

강경한 성격만큼 종족에 관한 편애도 심한 발리였다.

난나 여신을 죽인 정훈에게 강렬한 적의를 드러냈으나 그의 입은 살아 있어도 육신은 움직일 만한 상태가 아니었다.

마침 발리를 향해 다가가고 있던 정훈은 망설이지 않고 그의 심장에다 화신을 쑤셔 넣었다.

한낱 인간 따위에게 당했다는 것을 믿을 수 없었기 때문이었을까.

단숨에 숨이 끊어진 발리의 두 눈에서 새빨간 피눈물이 흘러내렸다.

─복수의 신 발리 처치. '언령 : 되갚는 자' 각인.

어김없이 언령이 각인되었다.

정훈은 귓가에 울리는 알림을 뒤로한 채 더욱 빠르게 움직였다. 그의 손에서 화신이 번뜩일 때마다 주신급의 존재들이 소멸되었다.

–눈먼 신 회두르 처치. '언령 : 초월적 감각' 각인.

회두르를 지나 마지막 비다르를 향해 접근했다.

"이럴 수는 없어. 이건 말이 안 돼."

동료 신이 당하는 것을 보니 그제야 실감이 났다.

죽음이 바로 눈앞에서 손짓하고 있었다.

허망했다. 발더를 꼬드겨 마그니를 치고, 이후에 다시 발더를 제거해 주신이 될 속셈이었다.

그 모든 계획이 아직도 머릿속을 맴돌고 있건만……

"내 계획이, 내 미래가 감히 너 따위에게!"

죽음은 모두에게 공평하다.

아무리 초월적인 존재라 한들 죽음의 공포 앞에선 이성을 잃을 수밖에 없었다.

발작적으로 튕겨져 나간 비다르의 손에서 핏빛 창이 번뜩였다.

아버지 오딘의 창인 궁니르를 본떠 만든 것이나, 그 위력은 진실된 힘의 궁니르에 비할 바가 아니다.

특히 지금은 육신마저 망가진 상태였다.

힘이 깃들지 못한 상대 공격을 옆으로 흘려 냈다.

"그따위 계획이 무슨 대단한 거라고."

스쳐 지나가는 비다르를 보며 코웃음 쳤다.

그의 계획이 실패할 수밖에 없었던 건 결정적인 이유, 그건 바로 조급함 때문이었다.

영면에 든 이들마저 깨워야 할 정도로 준비되지 않은 상황이라면 애초에 계획을 실행하지 말았어야 했다.

시간과 공을 들여 천천히, 그 누구도 모르게 일을 진행시켰다면 이렇게 허망한 최후를 맞이하진 않았을 터였다.

"권력에 눈먼 네가 그걸 깨달을 순 없었겠지만."

권력이란 늪에 발을 들여 시야가 좁아진 것이다.

물론 정훈으로선 다행한 일이었다.

상대의 허술한 계획으로 인해 많은 것을 얻을 수 있었으니 말이다.

현재로썬 전력을 다한 공격이 실패로 돌아갔다.

훤히 드러난 옆구리 사이로 백광이 번뜩였다.

화르륵.

허리 쪽에서 피어난 하얀 불꽃이 걷잡을 수 없이 커져 비다르를 집어삼켰다.

"……."

분명 고통스러울 텐데도 비명은 없었다.

그저 허망한 눈길이 하늘을 향해 있을 뿐이었다.

팔을 들어 무언가를 쥐는 시늉을 했다.

다른 이들에겐 보이지 않으나 지금 그의 눈에는 선명하게 보였다.

주신, 그 매력적인 권력의 왕관이 말이다.

잠시 후 하얀 불꽃은 비다르의 머리마저 집어삼켰고, 권력의 늪에 빠져 있던 추악한 신은 소멸을 맞이하게 되었다.

-권좌의 신 비다르 처치. '언령 : 권력을 쥔 자' 각인.

-신 아스가르드 주신 후보 비다르 처치. '언령 : 주신으로의 자격 증명' 각인.

발더 때와 마찬가지로 주신 후보를 처치하면서 주신 관련 언령을 추가로 획득할 수 있었다.

언령 : 권력을 쥔 자

획득 경로 : 권좌의 신 비다르 처치.
각인 능력 : 모든 우두머리의 자리에 있는 이들에게 주는 피해 +20퍼센트 증가, 받는 피해 +20퍼센트 감소.

언령 : 주신으로의 자격 증명

획득 경로 : 신 아스가르드에서 주신 후보 비다르 처치.
각인 능력 : 모든 능력치 +1,000.

이외에도 난나, 발더, 회두르를 처치한 보상으로 얻은 언령이 합쳐져 전력을 한층 상승시킬 수 있었다.

그뿐만 아니라 강력한 적이 남긴 전리품을 모두 챙겨 두었다.

"한때는 뜻을 함께한 동지였거늘."

비칠대는 몸을 이끌고 온 마그니가 중얼거렸다.

그래도 한때는 새로운 세계를 함께 꿈꾸었던 소중한 동료였다.

허무하다 못해 어처구니없는 소멸의 흔적을 보고 있자니 감상이 생길 수밖에 없었다.

"지금은 감상에 빠져 있을 때가 아닙니다, 마그니 님."

정훈이 그 감상을 방해했다.

의아한 시선이 뒤따랐다.

"지금 봉인의 상태가 말이 아닙니다. 곧 거인들의 대대적인 침공이 있을 겁니다."

"아!"

그제야 뒤늦게 깨달았다.

희생의 성지에 봉인되어 있던 네 신이 깨어나면서 힘겹게 마련한 차원 분리 마법이 깨어진 것이다.

"지금 상태라면 가망이 없다."

냉정하게 현실을 직시했다.

신 아스가르드를 지키는 일곱 신 중 다섯이 사망했다.

게다가 그 골이 너무 깊게 파여 있어서 서로 힘을 합치는 것 또한 요원한 일.

단결된 거인들의 세력을 감당할 수 있을 턱이 없었다.

"어찌하면 좋겠는가, 한정훈?"

마그니가 의견을 바라는 시선을 보냈다. 비록 일족은 아니나 현재로썬 그가 가장 기댈 만한 인물이었기 때문이다.

"사실 지금 제가 가진 힘만으론 거인들을 막는 건 불가능한 일입니다."

그 말에 마그니나 모디 모두 고갤 끄덕였다.

정훈의 힘이 생각보다 강력하긴 하나, 그래 봐야 혼자다.

구 아스가르드를 멸망으로 이끈 거인의 군세를 감당하기란 요원한 일이다.

"시간이 없으니 단도직입적으로 말하겠습니다. 제게 비루스크닐을 계승해 주십시오."

"비루스크닐?"

두 신 모두 눈에 보일 정도로 동요했다.

설마 타인에게서 비루스크닐이란 단어를 듣게 될 줄은 상상도 못했던 것이다.

"네놈이 그걸 어찌 알고 있는 것이냐?"

모디가 경계 가득한 시선을 한 채 물었다.

그 말에 대답하는 일은 없었다.

단지 보관함에서 꺼낸 묠니르를 보여 줄 뿐이었다.

"그것은 아버님의……."

"묠니르를 다시 보게 될 줄이야."

두 눈이 몽롱하게 변했다.

오랫동안 소실되었던 아버지의 망치, 묠니르가 눈앞에 나타난 것이다.

"묠니르가 비루스크닐에 대해 알려 주었습니다."

물론 새빨간 거짓말이었다. 하지만 두 신은 충분히 납득한다는 표정이었다.

묠니르와 비루스크닐의 연관성을 생각하면 신빙성이 있다고 판단한 것이다.

비루스크닐. 번개의 뜻이란 의미를 지닌 이것은 토르가 지니고 있던 번개의 근원이다.

오직 일인전승의 시스템으로, 본래 주인이었던 토르에게서 장남인 마그니에게 전해진 것이었다.

번개의 능력을 자유자재로 사용할 수 있게 해 주는 강력한 기운. 지금 정훈은 그것을 요구하고 있었다.

"이것 또한 운명이란 말인가."

묠니르를 직시하던 마그니가 중얼거렸다.

그 말이 내포하는 의미가 무엇인지는 쉬이 짐작이 가능한 일이었다.

"형님, 안 됩니다!"

모디가 강력히 반대하고 나섰다.

"그것은 우리 일족에게만 내려오는 것. 절대로 외부인에게 전해져서는 안 됩니다."

번개를 다루는 힘은 매우 위험하다.

아무리 상황이 위급하다 한들 외부인, 그것도 탐욕이 강한 인간에게 넘겨서는 안 될 것이었다.

"모디, 어차피 방법이 없다. 어차피 죽어 없어질 것이라면 시도라도 해 봐야 할 게 아니냐."

"차라리 형님의 핏줄에게 넘기는 건……."

"내 아들 중 한정훈만큼 뛰어난 인재는 없다. 더욱이 그들에겐 몰니르가 없지 않으냐."

'그래. 선택 사항은 없어.'

이미 그렇게 되도록 판을 마련해 놓았다. 선택의 사항이 있을 리 만무했다.

파창.

더욱이 선택을 촉구하는 소음이 전역으로 울려 퍼졌다.

마치 유리가 깨지는 것과 같은 그 소음은 결계가 깨어진 것을 의미하는 것이었다.

"한정훈, 손을 이리로."

더는 시간을 지체해선 안 된다. 모디 또한 더는 형을 만류하지 않았다.

마침내 최종 목적이 이루어지는 순간이다.

기쁜 마음으로 다가간 정훈이 오른손을 내밀었다.

"번개의 뜻이 그대에게 깃드니."

파즈즈즈즈.

맞잡은 손에서 어마어마한 양의 스파크가 발산되었다.

하지만 마그니 정훈 모두 어떠한 고통도 느끼지 않았다.

'따뜻하다.'

느낄 수 있는 것이라곤 따뜻함뿐.

마치 어머니의 품속에 있는 것처럼 포근함과 안락함이 느껴졌다.

잠시 후 마그니의 주변을 장식하던 스파크가 정훈에게 모두 전이되었을 때였다.

"되었다. 이제 한정훈, 네가 번개의 계승자다."

비루스크닐의 전승이 모두 끝이 났다.

그 순간, 정훈은 이 강력한 기운의 효과를 깨달을 수 있었다.

이것은 단순한 기운이 아닌 패시브 형태의 스킬이었던 것이다.

비루스크닐(패시브)

효과 : 번개 속성 +300퍼센트, 몰니르의 피해 200퍼센트 증가, 봉인된 몰니르의 고유 권능 활성화.

설명 : 번개의 신. 토르가 지니고 있던 기운의 근원. 번개의 기운을 자유자재로 다스릴 수 있으며 몰니르의 고유 권능을 사용할 수 있다.

'과연!'

스스로도 적잖이 놀랐다.

이 정도면 패시브 스킬 중에서도 최상위에 속하는 엄청난 능력이었다.

"한정훈, 그대가 우리의 마지막 희망이다."

지친 기색이 역력한 마그니의 말에 그가 고개를 끄덕였다.

"걱정하지 마십시오."

정훈은 웃고 있었다.

지금까지 보였던 것과는 사뭇 다른 아주 음흉한 종류의 것이었다.

"제대로 말아먹어 줄 테니."

쫘앙.

말이 끝나기도 전 한층 강력해진 묠니르가 마그니의 가슴을 짓뭉개고 있었다.

"형님!"

워낙 순식간에 일어난 일이었기에 아무것도 할 수 없었다.

이어지는 경악한 모디의 외침에도 불의의 일격을 허용한 마그니는 곧바로 숨을 거두고 말았다.

−힘의 신 마그니 처치. '언령 : 압도하는 자' 각인.

−신 아스가르드 주신 후보 마그니 처치. '언령 : 주신' 각인.

마그니의 죽음과 함께 2개 언령이 각인되었다.

언령 : 압도하는 자

획득 경로 : 힘의 신 마그니 처치.
각인 능력 : 근력 +30퍼센트 증가, 모든 물리 공격 피해 20퍼센트 감소.

언령 : 주신

획득 경로 : 신 아스가르드에서 주신 후보 모두 처치.
각인 능력 : 모든 계열의 적에게 주는 피해 30퍼센트 증가, 모든 계열의 적에게 받는 피해 30퍼센트 감소. 주신의 아우라가 발생하여 모든 적의를 가진 적의 능력치 25퍼센트 감소.

주신 후보 셋을 처치한 그는 마침내 주신의 자격을 손에 넣을 수 있었다.

"이놈!"

상황은 명백했다.

분노한 모디가 거대한 둔기를 치켜든 채 쇄도했다.

평소라면 위협적인 광경이었겠지만, 육신이 망가진 상태였다.

게다가 강력한 힘을 손에 넣은 정훈에겐 그저 어린애의 장난으로밖에 보이지 않았다.

"침몰하는 배에 올라탈 정도로 멍청이는 아니라서 말이야."

전력이 담긴 모디의 공격을 가볍게 쳐 냈다.

감당할 수 없이 튕겨 올라간 양팔과 훤히 드러난 그의 가슴에 몰니르가 직격했다.

꽈득.

가슴이 함몰된 모디마저 즉사했다. 신 아스가르드를 열었던 일곱 신이 모두 소멸을 맞이하는 순간이었다.

–거력의 신 모디 처치. '언령 : 미증유의 힘' 각인.
–신 아스가르드 일곱 신 말살. '언령 : 신을 말살한 자' 각인.

언령 : 미증유의 힘

획득 경로 : 거력의 신 모디 처치.
각인 능력 : 근력 +20퍼센트 증가. 모든 물리 피해 감소 15퍼센트 감소. 압도하는 자가 적용 중일 경우 모든 근력 70퍼센트, 물리 피해 감소 50 퍼센트 증가

언령 : 신을 말살한 자

획득 경로 : 신 아스가르드의 일곱 신 말살.
각인 능력 : 신 아스가르드 영역 내에서만 발동. 모든 능력치 1단계 격상. 모든 신족과 거인족에게 주는 피해 100퍼센트 증가, 받는 피해 50퍼센트 감소.

뜻밖의 성과가 있었다.

일곱 신을 모두 죽인 보상으로 대단한 언령을 얻게 된 것이다.

비록 항상 적용되는 게 아닌, 신 아스가르드 영역 내에서만 발동한다는 제한이 있으나, 적어도 영역 내에서만큼은 무적의 힘을 자랑하게 되었다.

애초 계획은 거인화 비약을 통해 거인인 척 위장해 게릴라

전을 펼칠 요량이었다.

'이 정도면 굳이 숙이고 들어갈 필요가 없지.'

보관함을 열어 지금껏 얻은 전리품을 확인했다.

최소 전설급, 최대 불멸급의 무구들이 꽉꽉 들어차 있었다.

게다가 묠니르, 비루스크닐을 전승하게 된 정훈은 묠니르의 모든 능력을 이끌어 낼 수 있게 되었고, 그 능력은 무려 태고급에 준하는 것이었다.

불멸급 세트 방어구와 태고급 무기, 거기에 대폭 상향된 능력치까지.

삼박자가 고루 갖춰졌으니 굳이 시간을 끌 이유가 무엇이겠는가.

신들을 죽여 얻은 토르의 완전체 방어구 세트, 아스메긴 세트를 착용했다.

근력과 번개 속성을 대폭 상향시키는 방어구의 능력은 비루스크닐로 인해 더욱 증폭되었다.

파직, 파지지지.

그의 몸 주변으로 몰아치는 번개 폭풍은 다가가는 것만으로도 모든 것을 파괴할 정도의 강력한 기운이었다.

뿔 투구를 쓴 바이킹 전사가 된 정훈이 고개를 들어 먼 곳을 바라봤다.

"우와와!"

정훈은 흡사 벌 떼와 같이 몰려오는 거인들의 군세를 확인할 수 있었다.

언뜻 봐도 어마어마한 수였다.

게다가 그 선두에는 온몸이 불타오르고 있는 거인 수르트의 자식들이 함께였다.

라그나뢰크가 일어나면 온 세상을 불타게 하는 멸망의 일족.

상대하기 어려운 강적임에도 정훈의 눈엔 그 어떤 동요도 없었다.

"번개의 주인이 명한다. 내리꽂혀라!"

묠니르를 하늘로 치켜들어 시동어를 외쳤다.

번개를 부르는 권능.

하지만 일전의 그것과는 준비 과정에서부터 큰 차이가 있었다.

쿠르릉.

굉음과 함께 먹구름이 모여 들었다.

그리고 그것은 일정 지역에 그치는 게 아니라 온 세상을 물들일 것처럼 하늘을 검게 뒤덮고 있었다.

촤아아.

거인의 군세 위로 벼락이 한 줄기 떨어져 내렸다.

고작 한 사람을 영향에 두던 예전과 달리 반경 1킬로미터 내의 모든 적을 통구이로 만들 정도였다.

"끄으으으으!"

고작 하나의 벼락으로 상당수의 거인들이 잿더미가 되었다.

눈 깜짝할 새에 일어난 변화에, 거인들은 물론 정훈조차 얼떨떨한 얼굴이 되었다.

"이게 무슨……."

큰 힘을 들이지 않은 벼락 한 줄기에 수백의 거인들이 죽었다.

"……횡재로구나!"

한 가득 떨어진 전리품과 여전히 많은 군세를 자랑하고 있는 거인족.

여기가 노다지가 아니면 무엇이겠는가.

"마구 내리쳐 적들을 섬멸해라!"

쾅쾅쾅쾅!

그 순간 온 세상이 푸른 빛으로 물들었다.

수십, 수백 줄기의 벼락이 내려치고 고통과 신음이 난무하는 그곳.

"거인아, 거인아, 번개 줄게, 반지 다오!"

정훈의 콧노래 소리가 유난히 선명하게 울려 퍼지고 있었다.

무한히 뻗은 백색의 공간.

이제 입문자들에게 이 공간은 너무도 익숙하기만 했다.

통칭 선택의 방. 시나리오를 시작하기 전에 모이게 되는 곳을 의미한다.

예외 없이 그 수를 헤아릴 수 없을 만큼 많은 입문자들이 북적였다.

인파의 중심엔 적색과 청색의 갑옷을 걸친 사내 두 명이 목청을 높여 소릴 지르고 있었다.

"누가 감히 용맹한 그리스 연합과 척지려 하는가. 우리에겐 그 이름 높은 영웅 아킬레우스 님과 정예 부대인 미르미돈이 함께한다. 죽음이 두려운가? 그렇다면 망설이지 말고 그리스 연합으로 오라!"

적색 갑옷을 입은 사내의 외침.

이에 질세라 청색 갑옷을 입은 사내가 외쳐 대고 있었다.

"하하, 말 한번 잘했다. 저 그리스 연합에서 자랑할 만한 이라고 해 봐야 아킬레우스뿐이지. 하지만 우리 트로이군은 다르다. 용맹하기 그지없는 헥토르 왕자님과 활의 명수 파리스 왕자님이 굳건히 지키고 있다."

"하, 그 겁쟁이 왕자 파리스 말이냐? 남의 여자를 탐낸 녀석이 뭐 대단한 영웅이라고. 정말 어이가 없군."

적색 갑옷 사내가 반박했다.

하지만 그 도발에 청색 갑옷 사내는 반응하지 않았다.

그저 자신의 할 말을 이어 갈 뿐이었다.

"그리스 연합은 우리 트로이 성을 함락해야 하는 입장. 비록 녀석들이 수적으로 우위에 있다 해도 수성의 이점이 얼마나 많은지 말해 봐야 입만 아프지. 게다가 이번 수성전에서 활약을 보인 영웅에게는 특별히 더 많은 보상을 주겠다는 명이 있었다. 그대, 망설이지 말고 우리 트로이군으로 오지 않겠는가."

대비되는 색의 갑옷을 입은 두 사내의 설전만 봐도 4막의 무대를 짐작하는 게 가능했다.

트로이 전쟁.

10년간에 걸친 그리스 연합과 트로이와의 전투였다.

지금 이곳에서 입문자들이 선택해야 할 건 두 진영 중 한 곳을 선택하는 것이었다.

실질적으로 더 강력한 군세를 자랑하는 그리스 연합.

그리고 수성의 이점, 승리했을 때 더 많은 보상을 챙길 수 있는 트로이.

하지만 선택의 중요 사항은 진영이 보여 주는 것만이 다가 아니었다.

"판테라가 그리스 연합에 붙었다!"

"샤이아는 트로이인데?"

입문자들의 눈이 분주하게 돌아갔다.

지금껏 3개의 시나리오를 지나오면서 강력한 힘을 발휘했던 차원의 동향을 살피는 것이었다.

자신감을 보인 몇몇 차원 출신들이 과감하게 선택을 하고 있을 때였다.

'정훈 님이 보이지 않아.'

그들의 동향에 아랑곳하지 않은 한 사람, 아니, 무리가 있었다.

범상치 않은 무구로 무장한 그들은 다름 아닌 준형과 그의 동료들이었다.

정훈의 비호 아래 성장을 거듭한 그들은, 최약체 차원에서 일약 상위권의 그룹으로 발돋움할 수 있었다.

몇몇 차원이 그들을 주시할 정도로 말이다.

하지만 그들은 좀처럼 움직이지 않았다.

그럴 수밖에 없는 게, 구세주인 정훈이 보이지 않았기 때문이다.

인근은 물론 일부러 멀리까지 돌아 살펴봤지만, 발견할 수 없었다.

'변장이라도 하고 있는 건가?'

워낙 변덕이 죽 끓듯 하는 사람이라 또 무슨 일을 벌이고 있는지 짐작하는 게 불가능했다.

"어떻게 할까요?"

호위처럼 오른쪽에 선 제만이 물었다.

"머물 수 있는 시간은 얼마나 남았죠?"

"이제 10분 정도 남았습니다."

물음에 대답한 건 대영이었다.

선택의 방에 머물 수 있는 시간은 1시간.

벌써 50분이 지난 상태였다.

이미 많은 이들이 그리스 연합, 트로이를 선택해 다음 시나리오로 향하고 있었다.

"흐음."

어쩌면 벌써 선택을 했을지도 모른다.

더는 기다릴 수 없다고 판단한 준형이 입을 열었다.

"이스턴은 어떻습니까?"

정훈의 선택을 알 수 없다면 그다음 대안이라 할 수 있는 이스턴의 동향을 파악하려는 것이었다.

"그게 그리스 연합을 선택하긴 했는데, 조금 이상했습니다."

이스턴의 상황을 주시하고 있었던 대영은 조금 전 자신이 목격한 일을 말해 주었다.

준형과 마찬가지로 한동안 움직임을 보이지 않던 이스턴 무리.

그들이 움직인 건 검은 삿갓을 쓴 의문의 인물이 그리스 연합에 발을 들인 순간이었다.

마치 기다렸다는 듯 모든 이스턴 무사들이 그리스 연합으로 발길을 옮겼다고 한다.

"우리가 정훈 님을 따르는 것과 같은 모양새였습니다."

하나하나가 대단한 실력자인 이스턴이었다.

그들이 누군가를 따른다는 건 쉬이 믿기지 않는 일이었다.

"어찌 됐든 이스턴이 움직였으니 우리도 그리스 연합으로……."

막 준형의 말이 끝맺으려 할 때였다.

"그리스는 개뿔."

가까이 접근하기까지 누구도 눈치채지 못했다.

어느새 다가와 준형의 어깨에 손을 올리는 건 바로 검붉은 안대를 쓴 정훈이었다.

"정훈 님!"

준형이 반색했다.

이스턴에 아무리 대단한 실력자가 모여 있다 한들 그에겐 정훈이 길잡이이자 구세주였다.

"우리는 트로이로 간다."

"알겠습니다."

의문은 없었다. 그건 제만이나 대영도 마찬가지였다.

'최소한 저 사람을 믿고 따르면 손해는 보지 않는다.'

이제는 모두에게 단단히 인이 박혀 있었다.

그렇기에 속에 품은 아주 약간의 불만마저 겉으로 내색하는 일은 없었다.

"현재 상황을 보면 그리스 연합이 더 유리할 텐데 괜찮으시겠습니까?"

여전히 의심이 많은 대영이 혹시나 하는 마음에 충고를 덧붙였다.

"상관없어. 어차피 잔챙이뿐이니까."

다른 누군가 그 말을 했다면 미친놈이라 생각했을 것이다.

하지만 정훈이라면 그럴 만한 자격이 있다.

3막에 이르기까지 거의 모든 시나리오를 홀로 정복한 자가 바로 눈앞의 사내였으니 말이다.

더는 덧붙이는 말없이 그의 뒤를 따랐다.

'트로이로 가야 쓸 만한 걸 얻을 수 있지.'

물론 정훈이 트로이를 선택한 건 자신에게 더 많은 이익을 가져다주기 때문이다.

그리스 연합에 소속되어 있는 막강한 권력자들, 그리고 아킬레우스는 그에게 많은 전리품을 안겨 줄 게 틀림없었다.

'게다가 그놈……'

정훈이 주목한 건 조금 전 검은 삿갓의 인물이었다.

처음에는 눈여겨보지 않았으나 왼손 중지에 낀 용 문양의 반지를 본 순간 떠올릴 수 있었다.

죽은 자들의 세계에서 마주친 유운이 경고한 인물이 바로 그라는 사실을 말이다.

'놈은 보물덩어리다.'

정훈의 직감이 말하고 있었다, 그를 처리할 수만 있다면 막대한 보상을 얻을 수 있다는 것을.

물론 그리 쉬운 길은 아니다.

잘 갈무리된 기운을 보건대 쉽지 않은 상대임은 분명했다.

모험이 없으면 얻는 것도 없는 법.

지금까지의 신념대로 가장 많은 보상을 얻을 수 있는 길을 택했다.

"어서 오십시오, 영웅들이여. 우리 트로이는 그대들을 진심으로 환영하는 바입니다."

청색 갑옷의 사내가 두 팔을 벌려 환영했다.

정훈과 협력 길드.

그들은 또 다른 세상을 비추고 있는 포털을 향해 걸음을 내디뎠다.

뿌웅!

웅장한 뿔 나팔 소리에 눈을 떴다.

정훈의 시야로 가장 먼저 들어온 건 드넓게 펼쳐진 해안가였다.

반짝이는 모래사장, 밀려오는 파도.

그 순간만을 보자면 어디 휴양지로 놀러 왔다고 생각할 수 있지만, 그럴 턱이 없지 않은가.

더 멀리 시선을 두자 작은 함선들이 속속 모습을 드러내기 시작했다.

바다를 새까맣게 물들이는 함선의 수는 대략 1천.

트로이의 외곽 아올리스 항을 향한 그리스 연합의 진격이었다.

주변을 둘러보자 해안가에 열을 맞춰 서 있는 병사들을 확인할 수 있었다.

대다수 병사는 이곳의 주민이었으며, 나머지는 트로이를 선택한 입문자들이었다.

이제는 전투 상황에 익숙해질 법도 하건만 대다수 입문자들의 눈엔 긴장이 가득했다.

과한 긴장은 근육을 뻣뻣하게 만들어 동작을 굼뜨게 한다.

이제 곧 전투가 일어나는 상황에 가장 경계해야 할 부분이었다.

"제군들, 떨리는가?"

하얀 백마에 탑승한 사내가 가장 앞 열에 섰다.

태양을 닮은 주황빛 머리칼, 누구나 호감을 가질 만한 시원한 외모의 주인공은……

'헥토르.'

트로이의 유일한 희망이라 불리는 왕자다.

시원시원한 성격과 그에 걸맞은 무용, 거기에 지략까지 갖춘 훌륭한 왕의 자질을 타고난 이.

그 능력은 지금 이 순간에도 발휘되었다.

"걱정 마라. 저기 저 뇌에 근육만 가득 들어찬 그리스 연합의 녀석들은 결코 이 아올리스 항을 넘어오지 못할 것이다."

힘껏 칼을 빼 들었다.

햇빛에 반사된 검신에서 찬란한 광채가 피어올랐다.

"우리 트로이를 아폴론 님이 돌보아 주신다!"

검신에서 피어난 광채가 주위에 있는 트로이 병력을 감쌌다.

─헥토르가 아폴론의 축복을 구원.

─아폴론이 이에 응하여 트로이군을 축복.

─모든 능력치 30퍼센트 상승, 특수 패시브 용맹한 병사 적용.

헥토르의 기원으로 아폴론이 축복을 내렸다.

그것은 모든 능력치의 30퍼센트 상승과 용맹한 병사 효과를 부여했다.

용맹한 병사의 경우 한시적으로 적용되는 것이긴 하나, 웬만한 상황에서도 결코 긴장하지 않는 강심장을 지니게 되는 능력으로, 전투에 직면한 지금 그들에게 절실한 부분이라 할 수 있었다.

"우와아!"

"트로이를 위해!"

"헥트로 왕자님을 위해!"

분명 조금 전까지만 해도 적의 숫자에 압도되어 있었다.

하지만 헥토르가 나서 한마디 외치는 것만으로도 분위기

는 반전되었다.

그건 입문자들 또한 마찬가지였다.

자신에게 적용된 효과를 확인한 그들의 눈에 자신감이 가득 차올랐다.

"멍청한 그리스 녀석들이 정박하지 못하도록 막아야 한다. 궁수 부대, 앞으로."

미리 대기하고 있던 궁수 부대가 보병들 사이로 한 발짝 앞서 나와 시위를 겨눴다.

물론 활을 다룰 줄 아는 입문자들도 그 사이에 끼어서 다가오고 있는 그리스 연합의 함선을 응시하고 있었다.

'마침 적당한 게 있으니…….'

정훈 또한 마찬가지였다.

양털 모피로 만든 겉옷에, 끝이 뾰족한 신발과 주목朱木으로 만든 거대한 장궁을 든 채로 궁수들과 어깨를 나란히 했다.

얼핏 봐서는 평범한 사냥꾼의 복장처럼 보이나, 겉모습만 그럴 뿐이다.

사실 전설급 세트에 해당하는 무장으로, 오딘이 10년간 권좌를 비웠을 당시 주신에 오른 바 있었던 수렵의 신 울르의 무장이기도 한 '일발백중' 세트다.

이 세트는 활의 위력 및 명중률을 올리는 효과가 있었다.

"지금이다, 쏴라!"

헥토르의 명령에 발사된 화살이 창공을 새까맣게 물들였다.

이내 포물선을 그린 화살이 그리스 연합을 노렸다.

타타탕!

그러나 그리스 연합도 만만한 상대는 아니었다.

둥글게 원진을 짠 그들은 방패병을 앞세워 화살 비를 막아 내고 있었다.

그 방패는 평범한 게 아니었다.

그리스 연합의 편에 선 헤라의 축복이 내려진 방패였던 것이다.

강력한 물리 방어 마법이 각인되어 있는 방패는 그 어떤 화살도 뚫을 수 없었다.

"화살이 빗발친다!"

한 번의 공격이 실패로 끝날 무렵, 정훈이 화살을 발사했다.

적인 그리스 연합을 향한 게 아닌 수직으로 쏘아올린 화살은 창공을 향해 쭉쭉 뻗어 나갔다.

이 엉뚱한 해프닝에 적과 아군 가릴 것 없이 모두의 시선이 화살로 향했다.

그냥 그렇게 끝났다면 그저 어처구니없는 일로 치부했을 테지만, 이 일련의 행동은 놀라운 결과를 만들어 냈다.

파파파파파!

하늘을 향해 나아가던 화살의 기세가 꺾여 속도가 줄 때쯤이었다.

격하게 흔들리기 시작한 화살이 마술처럼 불어나는 것이

었다.

조금 전 트로이군이 화살을 쐈을 때보다 더욱 많은 수로 불어난 화살은 마치 의지를 지닌 것처럼 그리스 연합을 향해 날아갔다.

"마, 막아라!"

놀란 그리스 연합의 수뇌부 중 하나가 다급히 소릴 질렀고, 그 대응은 신속했다.

조금 전과 마찬가지로 마법 방패를 든 방패병들이 원진을 짜 아군을 보호했다.

콰득.

"끄악!"

힘없이 튕겨 나간 조금 전의 공격과는 달랐다.

정훈의 힘이 깃든 화살의 비는 방패를 짓이기는가 하면 좁은 틈으로 파고들어 가 그 안의 적들을 요격했다.

해안가 너머로 비명이 울려 퍼졌다.

그 한 번의 공격으로, 수백 명의 그리스 병력이 사망하거나 전투 불능이 되었다.

수천 명의 부대도 성공하지 못한 일을 고작 한 사람이 해낸 것이다.

"놀랍군, 정말 놀라워."

그 광경을 유의 깊게 지켜본 헥토르가 어느새 정훈에게 다가왔다.

"병사, 그대 이름이 뭔가?"

"한정훈입니다."

이름을 묻는다는 것의 숨은 의미를 파악하고 있던 정훈이 곧장 답했다.

"모두 들어라. 지금부터 병사 한정훈을 특진하여 부관으로 임명한다. 그는 100인대를 이끌 수 있으며 궁수 부대의 교관을 겸한다."

능력 위주의 인재 선별.

헥토르의 평소 성향이 발휘된 덕에 정훈은 일개 병사에서 100인대를 이끌 수 있는 부관으로 특진할 수 있었다.

"한정훈 부관, 그대의 실력을 유감없이 발휘해 보아라."

"기꺼이 그리하죠."

직위가 높아서 나쁠 건 없다.

행동반경의 제한도 없어지는 데다가 후에 얻을 보상도 더 많아지기 때문이다.

게다가 그의 특진은 주위에 많은 영향을 미쳤다.

직위의 상승이라는 달콤한 보상을 확인한 이들이 처음의 소극적인 모습에서 좀 더 적극적으로 변하게 된 것이다.

다시 한 번 발사된 화살 속에서 온갖 마법과 스킬 등이 난무했다.

처음엔 전혀 피해조차 주지 못했던 공격이 서서히 그리스 연합을 무너뜨리고 있었다.

"좋아! 다시 한 번⋯⋯."

그러나 헥토르의 명령은 끝까지 이어질 수 없었다.

그리스 연합의 함선에서부터 튀어나온 일단의 무리가 아군을 향해 달려오고 있었던 탓이었다.

첨벙.

아직 정박하기 위해선 한참이나 남아 있었다.

그러나 놀랍게도 함선을 박차고 나온 이들은 바다 위를 육지처럼 뛰어다니고 있었다.

"이스턴, 이스턴이다!"

전장에 어울리지 않는 무복을 입은 그들을 확인한 이가 소리쳤다.

그 누군가의 말처럼, 수상비水上飛의 경지를 보여 주는 그들은 바로 이스턴의 무사들이었다.

무려 1천 명에 달하는 이스턴의 무사들이 물 위를 날며 빠른 속도로 접근해 오고 있었다.

"당황하지 마라. 접근해 오는 적들을 향해 화살을 쏴라!"

물 위를 걷는 신비한 광경에 놀란 것도 잠시. 먼저 공격해야 할 순서를 환기시킨 헥토르가 명했다.

곧장 화살과 마법 등의 공격이 적에게 쏟아졌다.

콰앙!

하지만 트로이군의 공격이 적에게 닿는 일은 없었다.

마치 보이지 않는 장벽이 있는 것처럼 닿지도 못한 채 팅

겨져 나가거나 폭발을 일으켰다.

그리스 연합에 합류한 마도란 차원 출신들의 방어 마법이었다.

고작 한 번의 공격이 실패로 돌아간 그 짧은 시간.

놀라운 속도를 자랑하는 이스턴의 무사들은 어느새 해안가의 모래사장을 밟고 있었다.

"장창 부대 앞으로!"

이 정도의 거리를 내 준 이상 활을 사용하는 건 무리다.

한 발 앞서 있던 궁수 부대를 대신해 창과 방패를 든 장창 부대가 앞으로 나왔고, 그 뒤를 보병대가 받쳐 방어에 유리한 진을 짰다.

이 같은 움직임에도 이스턴의 무사들은 아랑곳하지 않았다.

제각기 무기를 빼 든 그들은 진형을 짤 생각도 없는 듯 뿔뿔이 흩어졌다.

"허?"

헥토르는 이 의외의 상황에 헛웃음을 흘렸다.

하지만 그 이유를 깨닫는 데는 많은 시간이 필요하지 않았다.

"크악!"

곳곳에서 전투가 벌어졌다.

전장에서 비명이 터지는 건 당연한 일이나, 문제는 그 비명이 트로이 진영에서만 나오고 있다는 사실이었다.

제멋대로 흩어진 무사들은 진형 따위는 가볍게 깨부쉈다.

왜? 실력의 차이가 현격했기 때문이다.

개개인의 실력이 워낙에 뛰어났던 덕에 곳곳에서 각개격파가 이루어지고 있었다.

"진형을 유지하고 녀석들을 포위해라. 수적으로는 우리가 유리하다."

하지만 헥토르의 전술은 무의미했다.

수십 명이 무리를 지어 봐야 무사 하나를 감당하지 못했다.

"도대체 어디서 이런 자들이……."

그는 그제야 사태의 심각성을 깨닫곤 침음성을 흘렸다.

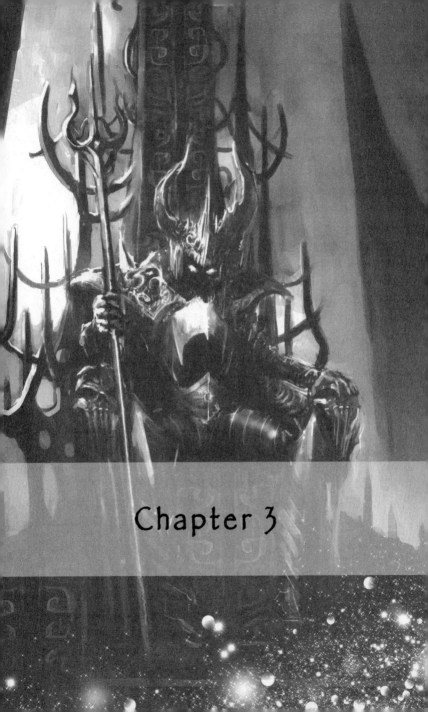

Chapter 3

'사대 세력의 간부들이로군.'

한편 궁수 부대와 함께 한곳에 떨어져 전황을 예의 주시하고 있던 정훈은 금세 그들의 정체를 파악할 수 있었다.

가슴 부근에 새겨진 문양은 제각기 달랐으나 4개로 축약할 수 있었다. 바로 이스턴을 지배하고 있는 사대 세력 동천, 서황, 남주, 북존의 것이었다.

그것도 일반 무사들이 아닌 한가락 하는 간부들로만 이루어진 최정예 집단이었다.

절대 화합하는 일이 없는 그들이 한데 모여 있는 꼴이라니.

'녀석이 그 주인공이겠지.'

이스턴 출신에게서 자주 언급되었던 용환의 주인이라는 자.

아마도 이러한 일의 배경에는 그가 있을 터였다.

잠깐 동안 상황을 지켜보던 그는 결국 선택을 해야만 했다.

'지금 힘을 빼긴 싫지만.'

아직 용환의 주인이라는 자가 모습을 드러내지 않았다.

그와 맞서기 위해 최상의 상태를 유지하려 했지만, 그랬다 간 아군이 전멸할 판이었다.

스릉.

음과 양의 검 간장과 막야를 양손에, 등 뒤로는 오대 명검 과 프라가라흐가 둥실 떠올랐다.

'너희들의 방식으로 싸워 주마.'

방어구로는 민첩함을 중시한 헤르모드 세트를 착용한 그 가 지면을 박차고 튀어 나갔다.

놀라운 속도로 쇄도한 그의 정면엔 아군 병사를 학살 중인 초로의 노인이 있었다.

바람이라도 불면 쓰러질 듯 볼품없는 육신이었지만, 거기 서 뿜어져 나오는 기운은 주변의 모든 것을 압도할 정도였다.

"하하, 즐겁구나, 즐거워!"

적 병사의 가슴에서 떼어 낸 심장을 터뜨리며 광소를 터뜨 렸다.

가슴에 새겨진 황皇은 그가 서황 소속, 사파의 성향을 지 니고 있음을 나타내고 있었다.

"영감탱이가 노망이 나도 단단히 났네."

노인은 근처에서 중얼거린 그 말을 놓칠 하수가 아니었다.

"감히 이 독고양 앞에서 그따위 망발을 지껄이는 녀석이 있다니. 세상 참 오래 살고 볼 일이로군."

살마殺魔 독고양.

서황의 객으로 머물고 있는 전대 고수 중 한 명으로, 별호에서 알 수 있듯 사악하기 그지없는 노마였다.

"네 심장을 눈앞에 두고도 그딴 말을 지껄일 수 있는지 두고 보마."

살의를 일으킨 그가 막 몸을 움직이려 할 때였다.

서걱.

어깨 쪽에서 피어나는 화끈한 고통에, 그의 눈이 더 커질 수 없을 정도로 동그래졌다.

"크아악!"

왼쪽 팔이 어깨에서부터 잘려 나가 있었다.

도대체 언제? 상대의 움직임조차 파악하지 못했다는 사실이 믿기지 않았다.

"못 믿겠으면 한 번 더 해 줄게."

서걱.

이번에는 오른쪽이다.

설마 하는 의혹 어린 시선이 오른쪽을 향했다.

푸확!

솟구친 피와 함께 잘려 나간 팔을 볼 수 있었다.

"이젠 믿겠지? 그럼 잘 가."

도가 지나친 상대의 행위에 잠시 놀았을 뿐, 그 이상의 의미는 없었다.

반쯤 넋이 나간 상대의 목을 베어 잔인하기 그지없었던 노인의 삶을 종식시켰다.

그를 시작으로 종횡무진 전장을 헤집고 다녔다.

조금 전 죽음을 맞이한 독고양은 해안가에 진입한 무사들 중에서도 상위급 실력자다.

그런 실력자를 단칼에 벤 정훈의 일격을 막을 수 있는 이는 드물었다.

채 5분이 지나기도 전 그의 손에 열 명의 적이 쓰러졌다.

30초에 한 명꼴로 쓰러뜨린 셈인데, 하나하나가 모두 실력자라는 것을 생각하면 대단한 성과였다.

이런 정훈의 활약에 힘입어 처음에는 당황하여 연신 밀리기만 하던 트로이도 탄력을 받은 듯 본격적인 대항을 시작했다.

조금씩 밀리던 형세가 순식간에 역전되었다.

아니, 애초에 밀려선 안 되는 전력이었다.

비록 상대의 숫자가 더 많다곤 하나 아직 함선에 있는 모든 병력이 정박한 것도 아닌 데다가 자리를 선점한 장점이 있었기 때문이다.

기발한 공격에 당황해 기세를 내주긴 했으나 이내 침착하게 대응해 그 기세를 다시금 잡을 수 있었다.

적어도 한 사람이 등장하기 전까진 말이다.

"가자, 나의 용맹한 전사들아!"

이스턴 무사들의 활약으로 검은 광택의 함선 하나가 정박할 수 있었다.

고작 하나의 함선이다.

탑승 인원이라고 해 봐야 수백 명에 불과한 정도였다.

하지만 그들의 등장으로 전장의 분위기가 뒤바뀌었다.

"아킬레우스다!"

"저게 그 미르미돈 부대?"

황금 갑옷을 입은 금발 사내와 그 뒤를 잇는 가시 갑옷의 전사들의 등장으로 트로이 진영에 한차례 동요가 일었다.

'왔군. 괴물 녀석.'

그리스의 위대한 영웅 아킬레우스와 그의 정병 미르미돈 부대가 등장하자, 막 무사 하나를 베어 넘기던 정훈도 그들에게 집중할 수밖에 없었다.

"오라, 나약한 트로이 녀석들아. 와서 나와 한바탕 놀아 보자꾸나!"

해안가에 발들 들인 아킬레우스는 곧장 전투에 합류하여 활약을 펼쳐 나갔다.

그건 사실 활약이라는 범주 이상의 것이었다.

마치 양 떼 무리에 늑대, 아니, 호랑이나 사자 무리를 풀어 놓은 것과 같은 학살이 일어나고 있었다.

아킬레우스와 미르미돈, 그들이 스쳐 지나갈 때마다 어김없이 적들의 시체가 쌓였다.

그중에서도 가장 뛰어난 건 누가 뭐래도 아킬레우스였다.

그가 지나간 자리는 한차례 폭풍이 일어난 것처럼 적들의 시체로 인산인해를 이루었다.

놀라운 사실은 아무도 그가 어떻게 움직였는지 확인할 수 없다는 사실이었다.

심지어 그에게 당한 병사들도 왜 죽었는지 영문조차 모른 채 그저 숨을 거두었다.

'괴물도 저런 괴물이 없다니까.'

유일하게 그 움직임을 파악한 정훈에게도 흐릿하게 보일 정도였다.

혹 지금이라면 녀석을 상대할 수 있지 않을까 기대하기도 했으나 저 움직임을 봐서는 어림도 없었다.

"네 녀석이 그 유명한 아킬레우스냐?"

정훈조차도 고개를 저을 정도인 괴물의 앞을 막아 선 이가 있었다.

군살 없는 우람한 체격에 푸른 왕관을 쓴 중년의 사내.

그는 바로 트로이를 돕기 위해 달려온 콜로나이의 왕 킥노스였다.

이 시기의 왕이란 무력이 경지에 닿은 이들만의 상징이다.

킥노스 또한 아킬레우스 못지않은 용장으로 유명한 이였다.

그 또한 갈고닦은 실력도 범상치 않지만, 가장 유명한 건 역시 아버지 포세이돈으로부터 받은 축복이다.

그 축복이란 다름 아닌, 모든 무기에 상처를 입지 않는 것이었다.

아킬레우스와 달리 완전한 불사의 육신은 아니나 적어도 무기를 든 인간들의 싸움에선 불사신이라 봐도 무방했다.

"나는 콜로나이의 왕, 킥노스. 그대의 상대로 부족함이 없을 것이다."

전 세계적으로 이름 높은 아킬레우스를 꺾는다면 지금과는 비교할 수 없는 위상에 서게 되리라.

야심만만한 인물이었던 킥노스는 곧장 창을 빼 들었다.

"어리석은……!"

앞을 막아 선 적을 제거하기 위해 아킬레우스가 힘껏 투창했다.

그의 갑옷과 같이 황금빛으로 물든 창이 빛살과도 같이 날아가 킥노스의 가슴에 명중했다.

카칵!

아무리 아킬레우스의 힘이 대단하다 한들 무기를 사용하는 이상 킥노스의 육신에 상처를 입히진 못한다.

그것은 지금도 마찬가지.

태산도 허물 수 있는 거력이 담긴 그의 창이 형편없이 튕겨져 나갔다.

"핫, 생각보다 형편없구나. 어디 내 공격도 받아 보거라."

이번에는 킥노스의 트라이던트가 아킬레우스를 향해 쇄도 했으나 결과는 다르지 않았다.

트라이던트 또한 아킬레우스에게 어떠한 피해도 주지 못 한 채 멀찍이 튕겨 나갈 뿐이었다.

"제법 괜찮은 축복을 가지고 있는 것 같다만."

독백하듯 중얼거린 아킬레우스가 검과 방패를 바닥에 떨 군 채 돌진했다.

"으아아!"

앞을 막아서는 병사들을 짐짝 처리하듯 멀리 던져 버렸다.

이에 맞서 킥노스 또한 무기를 모두 버린 채 맨손으로 돌 진했다.

'걸려들었구나!'

내심 이런 상황을 유도하고 있었던 킥노스를 쾌재를 불 렀다.

같이 무기에 해를 입지 않은 축복을 받은 상태라면 남은 건 맨손 전투만이 남은 셈이다.

어렸을 적부터 박투술을 부단히 연마한 그는 그 어떤 상대 와 맞붙어도 이길 자신이 있었다.

"흐랍!"

기합을 터뜨린 두 사람의 주먹이 맞닿았다.

콰직!

뼈가 작살하는 섬뜩한 소리가 났다.

"크악!"

그러곤 비명이 울려 퍼졌다.

그 당사자는 킥노스였다.

기묘하게 꺾인 오른쪽 팔을 부여잡은 그가 비칠대며 뒷걸음질 치고 있었다.

"어, 어째서?"

주먹을 쓰는 거라면 그 누구에게도 지지 않을 자신이 있었건만…….

"패배는 곧 죽음이다."

아킬레우스는 냉담했다.

어느새 킥노스의 뒤로 돌아간 그는 강인한 팔뚝으로 그의 목을 휘어 감았다.

"케, 케헥!"

숨넘어가는 듯한 신음이 흘러 나왔다.

아킬레우스의 힘은 상상을 초월하는 것이었다.

안간힘을 써 봤지만, 강인한 그 팔뚝을 풀어 내는 건 불가능했다.

툭.

킥노스의 팔이 힘없이 떨어졌다.

반신의 축복을 받아 명성을 떨치던 쟁쟁한 영웅이 세 번의 공격도 버티지 못한 채 죽음에 이르렀다.

"이런!"

좀처럼 당황하는 법이 없는 헥토르 또한 당황하지 않을 수 없었다.

강력한 우군의 수장이 너무도 간단히 비명횡사한 것이다.

'여기까지로군.'

그 전투를 지켜본 정훈의 감상은 덤덤함 그 자체였다.

애초에 승부가 정해져 있었던 것이나 다름없었다.

아킬레우스를 상대한다는 건 죽고 싶다는 뜻과 마찬가지다.

일신의 무력도 대단하지만, 일단 그는 죽지 않는 불사신이었기 때문이다.

킥노스가 잘못 생각한 게, 그는 무기의 상처를 입지 않는 게 아니라 물리, 마법, 어떠한 속성 공격도 녀석에게 피해를 받지 않는, 말 그대로의 불사신이었다.

'아주 약점이 없는 건 아니지만.'

물론 정훈의 경우 아킬레우스의 유일한 약점을 알고 있었다.

하지만 지금은 때가 아니다.

'기회가 찾아오지 않은 지금엔 무쓸모다.'

때가 무르익지 않았을 때 함부로 건드렸다간 경계심만 사는 꼴이 된다.

적당히 활약상도 보였겠다, 이제 그만 빠지는 게 정답이었다.

그의 눈이 주변을 훑었다.

멀지 않은 곳에 이스턴 무사를 상대로 대등한 전투를 벌이고 있는 준형의 모습을 확인할 수 있었다.

'그래도 잘 따라오고 있군.'

일반인에 불과한 그가 벌써 이스턴의 간부를 상대로 팽팽한 힘겨루기를 할 수 있다니.

나름 굉장한 성장 속도라 할 만했다.

자식의 성장을 보는 부모의 마음이 이러할까?

하지만 언제까지 자신의 결과물을 보고 기뻐할 순 없었다.

공간을 넘어 준형의 곁에 당도한 그의 손이 번뜩였다.

간장이 허리를 베고 지나가자 상반신과 하반신이 분리되어 비스듬히 떨어졌다.

"빠지자."

"네? 지금 빠지자는 말씀을……?"

"두 번 말하게 하지 마. 부하들 챙겨서 따라와."

웬만하면 정훈의 말에 토를 달지 않는 준형이었지만, 지금은 반문하지 않을 수 없었다.

빠지자니.

그 말은 즉 전투에서 도망을 치자는 의미가 아닌가.

절대 물러서지 않을 것만 같던 정훈에게서 들을 수 있는 말이 아니었다.

"아, 알겠습니다."

뭔가 이유가 있겠지.

준형은 그 즉시 동료들에게 연락을 취해 전장의 오른편 빈 공간으로 모일 것을 지시했다.

그 집단의 정예함을 판단할 수 있는 기준은 여러 가지가 있겠으나, 명령이 내려졌을 때 얼마나 빨리 움직이느냐를 보면 확실히 알 수 있다.

그들은 준형의 명령이 있고 얼마 지나지 않아 지정했던 곳에 속속들이 모여들었다.

덩치만 컸던 지난날과 달리 추리고 추린 협력 길드의 정예함을 엿볼 수 있는 부분이었다.

"다 모였지?"

"네, 한 명도 빠짐없이."

"좋아. 그럼 이동하자."

멋대로 전장을 이탈한 정훈은 준형과 협력 길드를 이끌고 해안가의 협곡, 그곳에 세워진 신전으로 이동했다.

"이곳은?"

잠시 걸음을 멈추자 준형이 물었다.

하프를 든 아름다운 남성의 황금 동상이 입구를 지키고 있는, 온통 황금빛 물결로 가득한 이곳은……

"아폴론의 신전."

태양신이자 음악의 신이기도 한 아폴론의 신전이었다.

"혹시 어디 아프신 곳이라도?"

"아니. 멀쩡한데 왜?"

"그런데 신전에는 무슨 볼일로 오신 겁니까?"

그들이 생각할 때 신전이란 아프고 병든 자를 치유하는 곳이었다.

누구 하나 다친 곳 없이 사지 모두 멀쩡한데 신전에 온 이유는 무엇이란 말인가.

"단순하기는. 신전은 단순히 병을 치유하는 곳만이 아냐."

늘 그렇듯 영문 모를 말을 남긴 정훈이 바닥으로 뭔가를 떨어뜨렸다.

철그렁.

그건 갑옷이었다.

그것도 그리스 연합의 병사들의 갑옷이다.

조금 전 전투를 통해 획득한 것이었다.

"모두 지금 무장은 넣어 두고 이걸로 갈아입어."

"네?"

당황스럽기 그지없는 명령에 되묻지 않을 수 없었다.

"못 들었어? 이걸 착용하라고."

적의 갑옷을 입어야 하다니.

아니, 그건 둘째치고 지금의 무장과 비교하면 급이 떨어져도 너무 떨어졌다.

"이유를 알 수 있겠습니까?"

눈치를 살피며 물었다.

웬만해선 이야기해 주지 않는 것을 알지만, 이번만큼은 그냥 넘어갈 수가 없었다.

"물론."

하지만 그의 기우와는 반대로 정훈은 흔쾌히 이번 명령과 앞으로 있을 일들에 대해 이야기를 풀어놓았다.

웬일로 순순히 대답하는 그에게 의문을 느낀 것도 잠시. 이야기가 이어질수록 준형과 협력 길드원들의 얼굴은 당혹감으로 물들었다.

마침내 정훈의 계획이 끝을 맺었고, 곤란한 얼굴을 한 준형이 자신의 동료들을 둘러봤다.

의사를 묻는 그의 눈빛에 하나같이 미미하게 고개를 저었다.

결정은 내려졌다.

"그건 힘들 것 같습니다."

준형의 입에서 나온 건 명백한 거절의 의사였다.

아킬레우스와 그의 부대 미르미돈의 활약으로 트로이는 패퇴하게 될 것이다.

도주하는 트로이군을 따라 추격하는 그리스 연합을 이곳으로 이끌 테니 그리스 병사로 위장해 신전의 사제들을 죽여라.

그리하면 분노한 아폴론의 저주가 그리스 연합에 내려지고, 전투는 좀 더 우리에게 유리한 방향으로 흐를 테니.

마치 예언과도 같은 정훈의 계획이었다.

하지만 그 말에 누구도 의문을 표하진 않았다. 아니, 반드시 그렇게 되리라 믿어 의심치 않았다.

적어도 시나리오에 관해선 절대 틀리지 않은 전적이 있었기 때문이다.

그것을 알면서도 준형과 협력 길드는 따를 수 없다고 거부의 의사를 표했다.

"지금 내가 잘못 들은 건 아니겠지?"

정훈이 얼굴을 살짝 찌푸렸다.

그 작은 표정 변화 하나가 얼마나 무서운 것인지 익히 깨닫고 있는 준형이었으나, 그의 결심이 흔들리는 일은 없었다.

"사제들은 이번 전쟁과 아무런 관련이 없는 민간인들입니다. 그들을 죽이라니, 따를 수 없습니다."

지금껏 그는 무고한 이에게 손을 대지 않았다.

괜한 영웅심의 발로가 아니라 스스로 생각할 때 괴물이 되지 않고 인간성을 유지할 수 있는 유일한 길이라 여겼기 때문이다.

그렇기에 단 한 번도 이를 어겼던 적이 없었다.

그것은 앞으로도 마찬가지일 것이고, 동료들 또한 그와 같은 길을 걷고 있던 처지였다.

"아무 관련도 없는 민간인이라……. 뭔가 잘못 생각하고 있는 것 같은데 그들은 너와 아무런 상관없는 이계의 주민이다."

"그들 또한 엄연히 살아 있는 생명, 그리고 인간입니다. 함부로 피를 묻히지 말아야 한다는 건 다를 바 없습니다."

"같잖은 영웅심을 발휘해 보겠다?"

속마음이 절로 튀어나왔다.

지금까지 주인에게 복종하는 개처럼 따르던 준형이 처음으로 반기를 든 것이니, 지금의 기분을 한마디로 표현하자면 엿 같았다.

"아닙니다. 서로 죽고 죽이는 전쟁터에서 영웅심이라뇨. 다만 이건 저의 신념과 관련된 문제입니다. 그건 저의 동료들도 마찬가지고요."

지금 이 순간 준형은 태산과도 같은 의지를 표현하고 있었다.

그 어떠한 바람에도 흔들리지 않겠다는 굳건한 의지 말이다.

말을 멈춘 정훈이 유심히 응시했다.

"좋아. 신념이 그렇다면야."

설득하는 데 난관을 예상했으나 의외로 정훈은 쉽게 받아들였다. 아니, 그러는 척했을 뿐이다.

"하지만 상과 벌은 확실해야겠지. 내 명령을 따르지 않겠다고 하니 그에 대가를 져야겠어."

잠깐 동안 침묵을 지킨 정훈이 그들을 하나하나 똑바로 응시했다.

꿀꺽.

정적에 잠긴 장내엔 침 넘기는 소리만 요란히 울렸다.

그저 의견 충돌, 별거 아닌 일이라고도 치부할 수 있으나 천하의 개또라이 정훈이 무슨 일을 벌일지 알 수 없기에 긴장할 수밖에 없었다.

"이번 시나리오에선 어떠한 언질도, 도움도 주지 않을 테니 알아서 잘 살아남아 봐."

그것은 충격 선언이었다.

비록 지금까지 적극적인 도움은 없었지만, 정훈의 말 한마디는 그들에게 구명줄과도 같았다.

게다가 아이템의 원조. 그에서 제공받은, 꿈도 꾸지 못했던 고급의 장비를 통해 난관을 헤쳐 나오지 않았던가.

"으음."

모두가 침음을 삼켰다.

과연 정훈의 도움 없이 이 혹독한 전장에서 살아남는 게 가능할지 의문이 들었기 때문이다.

"물론 내 말을 따르겠다면 이야기는 다르지. 너희도 잘 생각해 봐. 녀석만 믿고 있다간 목숨 부지하기도 힘들 테니까."

정훈의 시선은 준형 너머에 있는 협력 길드원에게 향해 있었다.

'너희의 급조된 신뢰가 어느 정도인지 확인해 볼까?'

정훈은 내심 음흉하게 웃었다.

지금 그는 명령에 불복종한 벌을 내림과 동시에 일종의 시험, 흔들기를 하고 있는 중이었다.

　중요한 선택의 갈림길에서 저들은 과연 리더인 준형의 말을 끝까지 믿고 따를 것인가.

　'적어도 절반 이상은 넘어오겠지.'

　비록 뒤통수를 치는 일이긴 하나, 목숨이 달린 일이다.

　인간이 가장 추악해지는 순간인 만큼 많은 이들의 이탈을 예상했다.

　하지만…….

　"없어?"

　잠깐의 정적이 흐른 후 의문 가득한 정훈의 말이 이어졌다.

　놀랍게도 단 한 명의 이탈자 없이 모두가 자리를 굳건히 지키고 있었다.

　더 놀라운 사실은 300명에 달하는 인원 중 그 누구도 눈치하나 보는 기색이 없었다는 점이다.

　단단한 신뢰로 뭉쳐 있지 않고서야 보이기 힘든 모습이었다.

　"죄송합니다."

　놀란 그를 향해 준형이 사과를 표했다.

　"죄송은 개뿔. 됐어. 죽고 싶은 게 소원이라는 데. 어디 한번 잘해 봐."

　그리 말한 정훈의 얼굴이 그리 어둡지 않았다.

어차피 이번 계획에서 그들의 효용 가치는 미미한 수준이었기에 미련은 없었다. 아니, 오히려 그들의 숨은 가치를 확인할 수 있었기에 더 의미가 깊었다.

'내 도움 없이도 살아남는다면 그땐…….'

물론 그건 살아남았을 때의 이야기다.

자신의 도움 없이 이 나약한 이들이 살아남은 확률은 10퍼센트도 되지 않을 것이다.

기대를 하는 건 어리석은 일이었다.

"후퇴, 후퇴하라!"

정훈이 예상했던 것처럼 아올리스항의 전투는 그리스 연합의 일방적인 승리로 끝을 맺었다.

애초에 킥노스가 아킬레우스에게 죽음을 맞이한 시점부터 승패는 정해져 있었던 것이나 다름없었다.

오래지 않아 승산이 없다고 판단한 트로이의 총사령관 헥토르가 후퇴를 명했다.

그렇지 않아도 적에게 잔뜩 겁을 집어먹었던 트로이군은 미리 외워 두었던 도주로를 통해 후퇴를 시도했다.

"추격해라! 녀석들을 살려 둬선 안 된다."

물론 이를 가만히 두고 볼 그리스 연합이 아니었다.

어떻게든 더 큰 피해를 주기 위해 빠른 속도로 그들의 뒤를 추격하려 했다.

하지만 그 추격은 한 사람의 방해로 인해 제때 이루어지지 못했다.

"마구 내리쳐 적들을 섬멸해라!"

전장에 울려 퍼지는 아련한 외침.

그리고 하늘에 드리운 먹구름에서 여러 줄기의 섬광이 지상으로 떨어졌다.

콰콰쾅!

내리꽂히는 푸른 섬광에, 그리스 병사들의 피해가 늘어나고 있었다.

"누구냐?"

예리한 아킬레우스의 눈이 좌중을 훑었다.

"어디서 수작질을!"

곧이어 기이하게 짧은 손잡이의 망치를 든 정훈을 발견하곤 등에 매달고 있던 창 하나를 꺼내어 힘껏 투창했다.

쐐애액!

사나운 기세로 쇄도하는 창을 본 순간, 기존의 무장이 바뀌었다.

정훈은 조금 전 이스턴 무사들을 상대하기 위해 착용했던 헤르모드 세트로 바꾼 후 재빨리 몸을 튕겼다.

아슬하게 옆을 스쳐 지나가는 창을 뒤로한 채 활의 시위를 당겼다.

파파팟!

가히 눈부신 연사 속도였다.

눈 깜짝할 사이 수십 발의 화살이 적들의 미간을 꿰뚫었다.

"이놈!"

화가 단단히 난 아킬레우스가 뒤를 쫓자 부대장인 그를 따랐고, 휘하의 미르미돈의 전사들 또한 그 뒤를 따랐다.

'좋아.'

가장 중요한 아킬레우스의 시선을 끄는 데 성공했다.

미련 없이 등을 돌린다.

현재 지니고 있는 무구 중에서도 속도 면에서는 가장 효과가 탁월한 무장이었기에 그의 도주 속도는 상상을 초월하는 것이었다.

아킬레우스와 미르미돈이 아무리 괴물들이라곤 하나 현재 속도만으로 보자면 정훈을 따라잡는 건 불가능했다.

하지만 확실히 따돌릴 수 있음에도 정훈은 늦장을 부렸다.

괜한 여유가 아니다.

자신의 흔적이 끊이지 않도록 일정 거리 이상을 벗어나지 않고 있었던 것이었다.

한참 동안이나 적들을 이끈 그가 도착한 곳은 황금의 물결로 뒤덮여 있는 아폴론의 신전이었다.

힐끗 뒤를 본다. 조금 속도를 내었으니 따라잡으려면 꽤시간이 걸릴 터였다.

즉시 무장을 바꿨다.

이번에 그의 몸을 감싼 건 휘황찬란한 전설급 이상의 무구가 아닌 싸구려 황동 갑옷, 바로 그리스 병사의 것이었다.

그리스 병사로 위장한 그는 곧장 아폴론 신전에 침입했다.

"누구시오. 이곳은 태양신 아폴론 님을 모시는 신성한 곳. 사제 외에는 출입을 금……."

입구를 지키던 사제의 말은 끝까지 이어질 수 없었다.

유연하게 휘어진 곡도가 목을 베어 버렸기 때문이다.

사제의 머리가 툭 지면을 굴렀다.

"꺄악!"

정숙해야 할 신전에는 때아닌 비명이 울려 퍼졌다.

신전에 들어온 정훈은 마치 살인귀가 씌기라도 한 듯 보이는 모든 사제를 베어 넘겼다.

남녀노소, 누구를 막론하고 보이는 모든 이들의 숨을 거두어들였다.

푸확!

신전 곳곳을 장식하고 있던 아폴론의 황금 상에 핏물이 튀었다.

머리 부근에 튄 피가 아래로 흘러내리면서 마치 황금 상이 피눈물을 흘리는 것과 같은 모습을 자아냈다.

'그리고 이게 결정타!'

무고한 사제들을 학살하던 정훈이 마지막으로 벌인 일은 신전 중앙의 가장 거대한 아폴론상의 머리를 부숴 버리는 것이었다.

쿠릉.

그 순간 잠잠하던 하늘에서 굉음이 울려 퍼졌다.

'왔다!'

기이한 변화를 감지한 즉시 정훈은 모든 행동을 멈췄다.

대신 보관함을 열어 퀴네에를 모든 흔적을 지워 버렸다.

단절된 세계에 들어간 그는 혹시 있을지 모를 미연의 사태에 대비해 신전의 기둥 뒤로 몸을 숨겨 상황을 관찰했다.

"누, 누가 이런 짓을……."

바로 그때, 엉망이 된 신전에 모습을 드러낸 건 아킬레우스였다.

주변의 참상은 숱한 전쟁을 겪은 그에게도 낯설 정도로 끔찍한 것이었다.

신을 모시는 사제들은 피를 흩뿌린 채 꿈틀대고 있었고, 신을 형상화한 황금상은 머리가 부서진 채였다.

'불길해.'

본능이 말하고 있었다.

"얼른 이곳을 벗어난……."

부하들을 향해 명령을 내리려던 그는 입을 다물 수밖에 없었다.

그그긍.

머리가 부서진 황금상. 거대한 아폴론의 황금상이 몸을 일으키고 있었기 때문이다.

-감히 나의 신도들을, 나의 영역을 훼손하다니!

그 의지는 사방에서 천둥이 치는 것처럼 강렬하게 울렸다.

몇몇 경지가 낮은 미르미돈 전사는 귓구멍에서 피를 흘릴 정도였다.

단지 의지를 전하는 것만으로 몸을 상하게 할 수 있는 존재, 황금상에 깃들어 있는 건 태양신 아폴론의 화신이었다.

"아폴론 님, 아닙니다. 이건 우리가 한 일이 아닙니다."

신들과 일면식이 있었던 아킬레우스는 곧장 상황을 파악하곤 사실을 이야기하려 했다.

-어디서 변명을. 듣기 싫다! 내 제우스 님이 중립을 지키라는 명에 의해 지금껏 참고 있었다만 너희 그리스 녀석들은 이토록 제멋대로지. 아무래도 이번은 그냥 넘어갈 수 없겠구나.

이것은 인간의 전쟁이니 중립을 지키라는 제우스의 명령이 있었다.

하지만 전쟁이 아닌 자신의 영역이 훼손당한 죄는 물을 수 있을 것이다.

-내 친히 너희 그리스 녀석들에게 질병의 저주를 내리노라!

분노로 이성을 잃은 아폴론은 곧장 자신의 권능을 발휘했다.

툭, 투투툭.

분명 천장으로 가려져 있음에도 비가 내렸다.

그것도 단순한 물로 이루어진 평범한 비가 아니다.

진한 녹색의 그 비는 바로 '역병의 비'.

그리스 연합의 병사들이 있는 곳에만 내리는 아폴론의 저주였다.

'이걸로 하나는 완성.'

숨어서 이 모든 광경을 지켜보던 정훈이 쾌재를 불렀다.

역병의 비는 각종 질병을 불러일으켜 그리스 연합의 전력을 떨어뜨릴 것이다.

이건 모두 정훈이 그리고 있던 그림이다.

트로이 편에 선 이상 정면 대결로는 승산이 없다.

이렇듯 적들의 전력을 약화시킬 수 있는 숨겨진 장치 등을 발동해 유리한 상황을 이끌어야 한다.

아폴론이 내리는 역병의 비는 시작일 뿐이었다.

'다음은 너다.'

역병의 비를 맞으면서도 전혀 아랑곳하지 않는 불사지체의 아킬레우스.

다음 목표는 바로 그였다.

Chapter 4

그리스 연합과 트로이의 전쟁. 그 발단에는 불행의 여신 에리스가 있었다.

영웅 펠레우스와 바다의 요정 테티스의 결혼식 당일, 수많은 영웅과 신들이 초대를 받았으나 불운의 상징이었던 에리스는 초대를 받지 못했다.

이에 단단히 화가 난 불행의 여신은 '가장 아름다운 여신에게'라는 글을 새긴 황금 사과를 식장에 던져 버렸다.

여신 중에서도 가장 영향력이 컸던 헤라, 아테나, 아프로디테의 세 여신이 황금 사과의 주인이라 우겼지만, 모두가 제각기 아름다움을 지닌바 섣불리 누구의 것이라고 단정 짓기 어려웠다.

아내이자 딸들의 성화에 시달리던 제우스는 결국, 파리스라는 인간에게 이 문제를 떠넘겨 버렸다.

가장 아름다운 여신이 되기 위해 기꺼이 파리스를 찾아간 세 여신.

그들은 각자가 줄 수 있는 축복을 언급하며 뇌물 공세를 펼쳤다.

제우스의 아내이자 모신母神이기도 한 헤라는 권력과 부를, 전쟁과 지혜의 신인 아테나는 전쟁에서의 용맹과 승리를, 미의 여신인 아프로디테는 세상에서 가장 아름다운 여인을.

한참을 고민하던 파리스는 아프로디테를 선택하게 되고, 이로써 가장 아름다운 여신이 된 아프로디테는 스파르타의 왕 메넬라오스의 부인 헬레네를 파리스와 인연의 끈으로 묶어 버렸다.

그렇게 불행한 운명이 시작되었다.

트로이의 사절로 스파르타를 방문한 파리스는 그곳에서 헬레네를 보고 첫눈에 반하게 되었다.

물론 헬레네 또한 파리스에게 이끌리고, 마침 메넬라오스가 할아버지의 죽음으로 크레타 섬으로 떠난 사이 트로이로 함께 도망쳤다.

트로이의 왕자와 눈이 맞은 아내의 이야기를 전해 들은 메넬라오스.

분노한 그는 결혼식에서 했던 맹세를 들먹이며 그리스 전

역의 왕을 집결시켰다.

그 맹세란 '헬레네가 누구와 결혼하든 그 사람에게 해를 끼치지 않으며, 만약 헬레네의 신변이 위험해지는 순간이 오면 구혼자 모두가 발 벗고 나선다.'는 것이었다.

평범한 여인의 구혼자라고 해 봐야 그리 대단할 게 없겠지만, 세상에서 가장 아름다운 여인을 쟁취하기 위한 자리였다.

맹세를 지키기 위해 모인 이들 대부분이 영웅이거나 한 나라를 좌지우지하는 왕들이다.

그야말로 그리스의 전력이 모두 모인 셈이었지만, 지략가인 오디세우스만큼은 쉽지 않은 원정길임을 짐작하고 있었다.

완벽한 승리를 얻고 싶었던 그는 트로이 원정에 가장 적합한 인물을 알고 있었다.

그리스 최고의 용장이자 세계 최고의 투사인 아킬레우스.

그가 원정에 참여한다면 손쉽게 승리를 가져갈 수 있을 것이라 내다봤다.

전쟁이 벌어지는 곳이라면 그 어디든 마다하지 않기로 유명한 이였다.

하지만 어찌 된 일인지 그를 찾는 것조차 쉽지 않은 일이었다.

그도 그럴 게 당시의 아킬레우스는 트로이 원정에 참여할 경우 반드시 죽는다는 어머니 테티스 여신의 예지를 듣고는 여장을 한 채 스키로스 섬에 숨어 있던 것이었다.

하지만 오디세우스가 누구인가.

무력보다는 지력으로 유명한 이였다.

꾀를 낸 그는 불길한 예언으로 참전하기 싫어하는 아킬레우스를 끌어들일 수 있었고, 드디어 모든 전력을 완성한 그리스 연합은 트로이를 정복시키기 위해 원정길에 오를 수 있었다.

"하아, 하아. 갑자기 열이······."

"으으으, 왜 이리 오한이 들지?"

그리스 연합의 임시 주둔지가 세워진 스카만드로스 평원의 공터.

막사에서 휴식을 취하던 병사들은 원인을 알 수 없는 질병에 시달리고 있었다.

40도에 이르는 발열부터 시작해 오한, 기침, 설사, 복통 등 그 증상도 가지각색이었다.

본래 도주하는 트로이군을 쫓을 생각이었으나 갑작스레 퍼진 질병으로 인해 임시 주둔지를 마련할 수밖에 없었다.

허름한 일반 막사완 달리 견고하게 지어진 거대한 막사.

길게 이어진 타원형의 테이블엔 그리스 연합을 이끄는 중역들이 앉아 있었다.

"그러니까 아폴론 신의 저주가 내려졌다 이건가?"

침중한 음성으로 먼저 말문을 연 건 가장 상석에 앉은 이였다.

웬만한 성인보다 1.5배는 되어 보이는 거구에, 검은색 곱슬머리와 정돈된 수염이 돋보이는 이는 바로 그리스 연합의 총사령관직을 맡은 미케네의 왕 아가멤논이었다.

"그렇습니다."

바로 그의 오른편, 여전히 분노한 표정을 지우지 못한 아킬레우스가 그 말을 받았다.

쾅!

"이런 멍청한! 도대체 어쩌자고 신들의 추종자를 건드렸단 말인가!"

분개한 듯 테이블을 양손으로 내려친 붉은 머리칼의 사내는 어쩐지 아가멤논과 닮아 있었다.

그의 이름은 메넬라오스.

아가멤논의 동생이자 스파르타의 왕, 더불어 파리스와 도망친 헬레네의 전 남편이기도 했다.

그렇지 않아도 부인을 빼앗긴 이후로 독이 오를 대로 올라 있었는데, 아킬레우스의 실수로 시간마저 지체되자 분노가 폭발할 지경에 이르렀던 것이다.

"메넬라오스 님, 진정하십시오. 아킬레우스 님이 일부러 그런 것도 아니지 않습니까."

"누군가 함정을 판 게 분명합니다."

격분하고 있는 다른 이들과 달리 줄곧 차분한 얼굴의 두 사람이었다.

다른 이들이 대체적으로 험상궂은 인상인 데 반해 그들은 조각과도 같이 아름다운 미모를 뽐내고 있었다.

아르고스의 왕 디오메데스와 이타카 섬의 왕 오디세우스. 이번 전쟁에서 아킬레우스의 필요성을 누구보다 잘 알고 있었던 둘이었기에 변호를 하고 나선 것이다.

"함정에 넘어간 것부터가 잘못이오. 그런 뻔히 보이는 수작에 넘어가다니."

메넬라오스와 친분이 두터운 크레타 섬의 왕 이도메네우스 또한 실수를 지적했다.

"분명 실수가 있기는 하나, 강력한 적장인 킥노스를 처치한 것도 사실. 공과 실수가 있으니 이번 일은 묻어 두어도 되지 않겠습니까."

오디세우스가 아가멤논을 똑바로 응시한 채 말했다.

분위기가 점점 아킬레우스의 실수를 탓하는 쪽으로 흐르자 이에 강력히 반대하지 않고 공을 들먹이는 것으로 선회한 것이다.

"오디세우스 왕의 말이 옳다. 비록 실수가 있었으나 해안가 상륙에 결정적 공을 세운 것도 사실. 한 번 실수로 벌을 묻기에는 그의 자질이 아까우니 이번 실수는 그냥 넘어가는 게 좋을 것 같은데."

좌중을 둘러보며 말했다.

의견을 묻는 듯하나 명령이나 다름없었다.

그 누구도 아닌 총사령관의 말이다.

그것도 메넬라오스의 친형이기도 한 그였기에 이야기는
순식간에 수긍하는 방향으로 진행되었다.

"그나저나 아폴론 신의 저주를 막을 방법은 없겠는가?"

아킬레우스 처벌 건에 관한 게 넘어갔으니 이제는 가장 큰
골칫덩이, 아폴론의 저주를 해결해야 할 차례였다.

비록 사망자는 발생하지 않았으나 원인 모를 질병이 만연
해 전력이 심하게 떨어진 상태였다.

이런 상태로 전쟁을 벌였다간 이길 것도 질 게 뻔했다.

모두의 시선이 한곳으로 모였다.

그곳엔 낡은 갈색의 망토를 둘러쓴 초로의 노인 하나가 있
었다.

현 연합군에서 가장 나이가 많은 사람이자 필로스의 왕이
기도 한 네스토르.

오디세우스와 함께 참모의 역할을 맡고 있었다.

특히 그는 미래를 예지하는 특별한 힘을 지니고 있었기에
조언을 구하려는 것이었다.

"그렇지 않아도 이야기를 하려 했네만, 흐음, 이거 참 곤
란하구먼."

평소 직설적인 이야기도 서슴지 않던 그였기에 뜸 들이는 모양새가 어째 불안하기만 했다.

"네스토르 님, 이번 전쟁은 반드시 승리해야 합니다. 어떤 미래를 보셨는지 모르겠지만, 서슴없이 이야기해 주십시오. 그 방향을 기꺼이 따르겠습니다."

아가멤논이 정중히 말했다.

"허어, 다른 사람이라면 몰라도 자네가 그런 이야기를 하니 할 수밖에 없겠군. 내 분명 이번 저주를 막을 방법에 관한 미래를 보았네."

"그 방법이 무엇입니까?"

"아폴론 신에게 제물을 바쳐야만 하네."

신에게 제물을 바치는 건 예로부터 많이 쓰이던 방법이다.

하지만 이 간단한 방법에 뜸을 들일 사람이 아니었다.

"그 제물이라 하면?"

"흠, 흠, 아가멤논. 바로 자네의 여식인 이피게네이아일세."

순간 모두가 할 말을 잃었다.

인신공양이라는 게 흔하진 않으나 분노한 신을 달래기 위한 방법으론 가장 확실한 것이었다.

그렇기에 사람을 제물로 바치는 것을 짐작하긴 했지만, 설마 아가멤논의 딸이 그 대상이 될 줄이야.

쾅!

과연 예상했던 반응이 나왔다.

격분한 그가 테이블을 내려친 것이다.

총사령관이라는 직책으로 인해 감추고 있었으나 누구보다 그 성정이 불과 같은 그였다.

"그럴 수는 없습니다!"

자식을 제물로 바친다는데, 그 누가 순순히 응할까.

아가멤논은 격하게 거절의 의사를 표했다.

"감히 내 조카를 제물로 바치라니. 그게 말이나 되는 소린 가!"

메넬라오스 또한 격분한 마음을 고스란히 드러냈다.

"쯧. 내 이렇게 반응할 것 같아서 이야기하지 않으려고 했 건만."

누구보다 형제의 성정을 잘 알고 있었던 네스토르가 난색 을 표했다.

"다른 방법은 없는 겁니까?"

그사이에 오디세우스가 끼어들었다.

전쟁 중 내분만큼 무서운 게 없다. 굳이 분란을 일으킬 만 한 일을 벌이고 싶지 않은 게 그의 속내였다.

"다른 방법이 있었다면 내 이 이야기를 꺼내지도 않았을 걸세."

자식을 죽이라는 말이 쉽게 나올 턱이 없었다.

질병을 안은 채 전쟁을 치를 순 없는 일.

특히 아직 상대가 이러한 사정을 눈치채지 못한 사이에 해결을 봐야만 했기에 시간도 넉넉한 편은 아니었다.

오디세우스의 시선이 디오메데스에게 향했다.

예전부터 친분이 두터웠던 두 사람이었다.

단순한 눈빛을 교환하는 것만으로 생각을 읽을 수 있었다.

은밀한 시선은 회의 석상에 있는 다른 이들에게 향했고, 이내 의견은 한데 모였다.

"발의할 게 있습니다."

아가멤논과 메넬라오스로 인해 어수선해진 흐름은 손을 든 오디세우스로 인해 끊겼다.

"말해 보시오."

흥분을 가라앉힌 아가멤논이 말했다.

"아시다시피 시간은 우리의 편이 아닙니다. 한시바삐 안고 있는 문제를 해결해야 하는 지금, 방법의 타당성을 따지는 건 무의미한 일. 그렇기에 제안합니다. 이피게네이아 공주를 제물로 바치는 안건을 투표로 정하는 게 어떻겠습니까?"

"무엇이?"

예상했던 대로 격분한다.

아가멤논은 머리끝까지 차오른 분노를 표출하려 했다.

하지만 그 순간 그는 수상쩍은 장내의 분위기를 감지할 수 있었다.

'으음…….'

좌중의 시선이 그에게 향했으나, 그 시선의 의미가 그리

호의적이진 않았다.

비록 그가 총사령관이긴 하나 이곳에 모인 이들 대부분이 한 나라의 왕들이다.

아무리 영향력이 큰 나라, 미케네를 다스리는 그라도 함부로 할 수 없다.

게다가 강압적인 방식이 아닌 다수결에 의한 투표 방식.

이에 응하지 않는다면 그리스 연합은 좌중지란에 휩싸여 자멸할 게 뻔했다.

'오디세우스, 이놈!'

그제야 오디세우스의 의도를 눈치챈 아가멤논은 분노를 삼켜야만 했다.

"감히……."

"그만!"

막 막말을 쏟아 내려던 메넬라오스는 형의 제지에 멈출 수밖에 없었다.

"방법이 그것밖에 없다면 어쩔 수 없지. 투표를 원한다면 그렇게 하시오."

"형님!"

"되었다. 말했다시피 이번 전쟁은 반드시 승리해야 한다. 어떠한 희생을 치르더라도 말이다."

곱지 않은 그의 시선이 좌중을 훑었다.

그건 나직한 경고였다.

내 딸을 제물로 바쳤으니 너희도 마음의 준비를 단단히 하라는 것.

이미 그는 자신의 딸을 바치기로 마음을 먹은 상태였다.

투표 결과는 보나 마나였다.

자신의 딸도 아닌 남의 자식을 희생하는 일에 반대할 이는 그리 많지 않았다.

그저 아가멤논의 눈치를 보는 몇몇만이 반대를 했을 뿐이었다.

결국 그리스 연합은 미케네에 머물고 있는 아내 클리타임네스트라와 딸 이피게네이아를 전장으로 불렀다.

이제 아폴론의 저주를 풀 수 있을 것이다.

모두가 그리 예상했으나 한 가지를 고려하지 못했다.

이러한 제반 사정을 모두 파악하고 있는 이, 정훈이라는 최악의 변수를 말이다.

출렁.

높게 솟은 파도가 범선을 한차례 훑고 지나갔다.

평범한 배였다면 그 충격으로 선체에 타격이 왔겠지만, 물의 님프 테티스의 축복이 함께하는 범선은 그저 약간의 출렁임만으로 끝날 뿐이었다.

"오늘따라 바다가 거치네요."

선체에 제공된 가장 안락한 방.

포근한 느낌이 감싸고 있는 방 안에는 귀족풍 복장의 여인 두 명이 담소를 나누고 있었다.

"그러게 말이다. 이 경사스러운 날에 불길하게."

정렬적인 붉은 머리칼이나 선이 고운 이목구비 등 두 사람의 모습은 매우 닮아 있었다.

그도 그럴 게 두 사람은 모녀지간이었기 때문이다.

흰색 드레스를 입은, 키가 좀 더 작은 여인은 클리타임네스트라, 그리고 노란색 드레스의 여인이 그녀의 딸 이피게네이아였다.

갑작스러운 아가멤논의 부름에 불평이라도 해 볼 법하건만 두 사람에게선 전혀 그런 기색을 읽을 수 없었다.

"그런데 어머니, 정말 그 아킬레우스님과 제가 결혼하게 되는 건가요?"

그녀의 눈빛이 꿈을 꾸듯 몽롱하게 변했다.

아가멤논이 급하게 부른 이유가 이피게네이아의 결혼, 그것도 그 유명한 영웅 아킬레우스와의 결혼이었기 때문이다.

현 세계에서 가장 중요시되는 건 무력이다.

그리고 아킬레우스는 무력의 정점을 찍은 영웅, 모든 여인네들이 선망하는 이였다.

"네 아버지가 어디 허튼소리를 하실 분이니? 갑자기 나온 건 아닐 테니 평소 아킬레우스 님이 널 좋게 생각하신 게 아닌가 싶구나."

비록 헬레네만큼은 아니나 이피게네이아의 미모는 미케네 내에서 독보적이었다.

그녀의 미모를 탐낸 수많은 권력자들이 구혼을 청해 왔지만, 그녀는 물론 아가멤논은 이를 모두 물리쳤었다.

"아킬레우스 님이라니. 마침내 꿈꾸던 순간이 이루어졌어요."

그 모든 건 아마 오늘을 위한 게 아닐까, 그녀는 그리 생각했다.

"세상에서 가장 훌륭한 사내를 맞이하게 되었구나."

클리타임네스트라 또한 기쁜 마음을 감추지 못했다.

그녀가 몸담고 있는 사교계에서 영웅을 맞이한 여편네들의 자랑을 들어 주는 게 고역이었는데, 이젠 모두의 입을 다물게 할 사위를 맞이하게 된 것이다.

앞으로 일어날 아름다운 날들을 생각하는 두 여인의 입가엔 진한 미소가 사라지지 않았다.

콰앙!

돌연 발생한 충격으로 선체가 흔들리기 전까진 말이다.

"이게 무슨 일이냐!"

요동치는 가운데 용케 균형을 잡은 클리타임네스트라가 방문을 열고 소리쳤다.

"저, 적의 급습입니다!"

마침 상황을 알리기 위해 다가온 병사가 대답했다.

"적이라고? 감히 누가 미케네 왕가의 범선을……."

그 어떤 멍청이가 대국, 미케네 왕가의 범선을 노릴 수 있단 말인가.

뭔가 불길한 예감이 엄습하는 것을 느낀 그녀가 딸에게 다가갔다.

"이피게네이아, 너는 꼼짝 말고 여기 있거라. 내 직접 상황을 확인해 봐야 할 것 같구나."

"알겠어요, 어머니. 부디 조심하세요."

"호호, 걱정 말거라. 내가 누군지 잊었느냐?"

비록 여인에 불과하나, 그녀는 제우스의 핏줄을 이은 반신.

게다가 남녀노소 모두 수련에 열중인 스파르타 출신이었다.

일신의 무력은 웬만한 영웅 정도는 쌈 싸 먹을 정도로 대단한 여장부였던 것.

"가자."

부하를 앞세운 채 갑판으로 올라갔다.

콰콰쾅!

강력한 충격과 함께 다시 한 번 선체가 흔들렸다.

지진이 일어난 것처럼 심하게 요동치는 상황에 수많은 선원들이 균형을 잃고 쓰러졌으나, 클리타임네스트라만큼은 꿋꿋이 버티고 선 채 한곳을 노려보았다.

범선이 나아가는 정면, 놀랍게도 거친 파도가 넘실대는 바다에 한 사람이 서 있었다.

푸른색 비늘갑옷과 한 손엔 거대한 뿔잔을 든 사내.

'클리타임네스트라!'

모습을 드러낸 그녀를 본 사내의 눈이 번뜩였다.

홀로 범선을 막아선 이는 바로 정훈이었다.

그리스 연합의 계획을 미리 파악하고 있었던 그는 모녀가 움직일 경로에 미리 잠복하고 있었던 것이다.

'저주는 유지되어야 한다.'

이피게네이아를 제물로 바치는 즉시 아폴론의 저주는 효력을 다하게 된다.

그리 쉽게 저주를 피해가게 할 순 없었다.

목표는 제물이 될 이피게네이아의 처치. 눈앞에 있는 거대한 범선과 함께 수장시켜 버릴 셈이었다.

"이 배는 미케네 왕가의 것이다. 후환이 두렵지 않거든 길을 비켜라!"

클리타임네스트라가 위협적으로 외쳤다.

"……."

하지만 정훈은 침묵했다.

반드시 죽여야 할 상대.

말을 섞을 이유가 없었던 것이다.

대답을 대신해 권능을 일으켰다.

"나의 둘째 딸 두파여, 너의 권능으로 가라앉는 파도를 일으켜라!"

현재 정훈이 착용한 무장은 '에기르와 아홉 딸'이라는 전설급 세트였다.

이 세트 아이템의 특징이라면 일반적인 날이 있는 무기가 아닌 '파도치는 뿔잔'이라는 특수 아이템을 통해서만 특유의 권능을 발휘할 수 있다는 사실이다.

쏴아아.

정훈의 시동어와 함께 모든 것을 집어삼킬 듯 거대한 파도가 솟아올랐다.

"으아아!"

그 압도적인 위용에 놀란 선원들이 바닥에 주저앉았다.

저 거대한 파도에 휩쓸렸다간 아무리 견고한 배라도 단숨에 끝장날 것을 예감했기 때문이다.

"흥! 그깟 파도 따위!"

하지만 이런 두려움은 클리타임네스트라에겐 해당하지 않는 것이었다.

콧방귀를 뀐 그녀가 양팔을 하늘로 올린 채 중얼거렸다.

"번개가 몰아치니, 성난 파도는 잠에 빠지는구나."

쾨쾅!

마른하늘에 날벼락 하나가 떨어졌다.

정훈이 일으킨 파도를 직격한 번개는 이내 자취를 감추었으나 사라진 건 번개만이 아니었다.

마치 지금까지의 일이 모두 환상에 불과했던 것처럼 바다는 고요를 되찾았다.

높게 솟은 파도의 흔적 또한 사라져 버린 것이었다.

'과연!'

상당량의 마력을 쏟아 넣은 격을 별반 힘을 들이지 않고 무효화시켰다.

하지만 그리 놀라진 않았다.

이번에 상대해야 할 적이 제우스의 핏줄임을 익히 알고 있었기 때문이다. 그것도 제우스의 가장 강력한 번개의 권능을 이어 받은 반신이라는 사실 또한 말이다.

"히밍레바, 블로두그하다, 헤프링, 운, 후론, 비르갸, 바라, 콜가. 파도의 딸들아, 합세하여 적을 물리쳐라."

순간 현기증이 일 정도로 다량의 마력이 빠져나갔다.

그 순간 정훈의 뒤편에서 나타난 물의 소녀들이 킥킥대며 각자의 권능을 발휘했다.

범선을 중심으로 파도, 비, 소용돌이 등 다양한 재해가 발생했다.

무려 8개의 격을 동시에 사용한 것이다.

그 위력은 범선 하나를 산산조각 내기엔 충분했다.

"어림없다!"

주위를 둘러싼 자연재해 앞에서도 침착함을 잃지 않았다.

그녀 또한 자신이 품은 마력을 거침없이 방출하며 번개 보호막을 생성했다.

홀몸이었다면 굳이 위험을 감수하고 보호막을 펼치진 않았겠지만, 그녀에겐 지켜야 할 딸이 있었다.

정훈이 노리던 건 바로 지금 이 순간이었다.

보호막을 생성한 순간만큼은 마력을 유지해야 하기 때문에 제대로 된 공격을 펼칠 수 없었다.

클리타임네스트라의 경우 강력한 마력으로 원거리에서 상대를 요격하는 마법사.

근접전을 유도하기 위해선 지금이 가장 적기였다.

"힘껏 박차 올라라, 슬레이프니르!"

순식간에 헤르모드 세트로 바꾼 그는 격을 발동했다.

정훈의 발아래 모인 붉은 기운은 곧 적마赤馬로 변했다.

무려 여덟 개의 발이 달린 명마 슬레이프니르였다.

"달려라!"

정훈의 명령과 함께 슬레이프니르가 움직였다.

아니, 움직였다고 느낀 순간 그는 이미 클리타임네스트라의 지척에 도달해 있었다.

"어, 언제……?"

당황한 클리타임네스트라가 놀라는 사이, 그는 손에 든 지팡이로 그녀의 몸뚱이를 가격했다.

"모든 마법의 힘이 사라질지어다."

쨍그랑!

보이진 않으나 그녀의 몸을 감싸고 있던 마력이 깨어지며 요란한 소리를 냈다.

"꺄아!"

이 대담한 여장부도 비명을 지를 수밖에 없었다.

설마 자신의 마력이 깨어질 줄은 예상도 못 했던 것이었다.

지금껏 숱한 전투에서 그녀의 목숨을 구해 주었던 '제우스의 은총'.

하루 세 번에 한해 적의 공격을 대신 막아 주는 절대적인 보호막이었다.

하지만 정훈의 공격은 그 보호막을 부수어 버렸다. 평범한 공격이 아니었기 때문이다.

지금 그가 손에 든 빛나는 수정 지팡이는 간바테인.

오딘에게서 그의 아들 헤르모드에게로 넘어간 무구로, 모든 마법적인 힘을 무효화하는 권능을 지니고 있었다.

쿠당탕!

지팡이에 가격 당한 그녀가 갑판 위를 굴렀다.

마력은 강대하나 육체적인 능력에선 평범한 아녀자에 지나지 않았다.

아리따운 여인이 형편없이 구르는 모습은 연민을 일으키기에 충분한 것이었지만, 정훈에겐 아니었다.

마지막 일격을 가하기 위해 곧장 따라붙었다.

"사, 살려 주세요!"

이미 승기는 기울었다.

절대적으로 믿고 있었던 보호막마저 사라진 지금, 그녀는 저항할 의지조차 잃어버린 채 애원했고, 그 순간 거짓말처럼 정훈의 동작이 멈췄다.

'여기가 분기점이었지.'

그녀의 애원 때문에 멈춘 건 아니었다.

클리타임네스트라를 살리느냐, 죽이느냐에 따라 앞으로의 시나리오가 조금은 달라지기 때문이었다.

그녀를 살려 주게 되면 후에 미케네로 돌아간 아가멤논을 죽이기가 한층 쉬워진다.

게다가 왕가에 전해지는 각종 보물 또한 독식이 가능하다.

'하지만 그리스 연합이 살아갈 일은 없어.'

본래는 전쟁의 승패와는 별개로 그리스 연합의 일부 병력은 살아서 귀환하게 된다.

하지만 정훈이 개입한 지금은 다르다.

몰살. 트로이 성이 그들의 무덤이 될 것이다.

찰나에 불과한 순간 결심이 섰다.

머뭇거리던 손이 다시 한 번 움직였다.

퍼억!

여장부로 유명세를 떨쳤던 클리타임네스트라는 머리가 깨어진 채 비참한 죽음을 맞이했다.

-제우스의 혈통 클리타임네스트라 처치.

-제우스의 불편한 심기가 입문자에게 전해진다.

-제우스 소환까지 96P.

강력한 적을 처치하긴 했으나 별다른 위업은 없었다.

다만 지금까지 경험하지 못했던 알림이 귓가에 울렸다.

다른 이들에겐 생소하겠지만, 정훈에게는 익숙했다.

신의 소환.

이곳 4막에서만 적용되는 시스템 중 하나로, 신의 피를 이어받은 자식들을 죽일 때마다 소환 포인트가 쌓이게 되고, 이 포인트를 모두 모으게 되면 분노한 신이 소환된다는 형식이다.

제우스의 핏줄, 그것도 꽤 강력한 권능을 이어받은 클리타임네스트라를 처치한 대가는 4P.

앞으로 96P를 더 모으게 되면 분노한 제우스를 맞이하게 될 것이다.

'당장은 신경 끄자.'

궁극적으로는 신을 처치하는 것도 목표에 포함되어 있지만, 당장은 아니다.

지금 당장 해야 할 일은 그리스 연합과 그들의 편에 선 입문자들을 물리치고 전쟁에서 승리하는 것.

그리고 그 일을 위해선 제물이 될 이피게네이아를 처리해야만 했다.

클리타임네스트라에게서 떨어진 전리품을 획득한 그는 배에서 나와 바다 위를 걸어갔다.

"그, 그냥 가는 거야?"

"살았다, 살았어!"

꼼짝없이 죽었다고 생각한 선원과 왕가의 경비들이 환호했다.

비록 주인으로 모시던 이가 죽었으나 어차피 타인. 세상에서 가장 중요한 건 자신의 목숨이었다.

후웅후웅.

하지만 이내 그들의 얼굴에 절망이 드리웠다. 저 멀리서 대기를 찢으며 다가오는 망치 하나를 발견했기 때문이다.

주위로 푸른 전격을 뿜어 대는 묠니르.

거력이 담긴 이 망치는 선체의 중앙을 꿰뚫었다.

콰직!

정확히 두 동강 난 범선은 소용돌이를 일으키며 바닷속으로 수장되었다. 아폴론의 저주를 피할 수 있는 유일한 제물과 함께 말이다.

정훈의 방해로 인해 아폴론의 분노를 잠재우는 의식은 진행되지 못했다.

자신의 아내와 딸의 죽음을 알게 된 아가멤논은 크게 분노

했고, 원인을 제공한 아킬레우스, 그리고 이번 안건을 발의한 오디세우스와 그 의견에 찬동한 이들에게 적의 어린 시선을 보냈다.

물론 그렇다고 해서 내분이 생기거나 하진 않았다.

하지만 신뢰가 사라진 동맹만큼 위험한 관계는 없는 법.

결국 그리스 연합은 언제 터질지 모르는 내분과 아폴론의 저주를 안은 채 전쟁에 나설 수밖에 없었다.

＊

스카만드로스 강과 시모이스 강이 흐르는 평야. 그곳의 나지막한 언덕엔 온통 검게 칠해진 철벽의 성이 자리하고 있었다.

주변 강대국의 숱한 침입에도 함락되지 않은 원정의 무덤 트로이 성.

굳게 걸어 잠근 성문 안에는 무장을 착용한 병사들과 마을에서 대피한 시민들이 한데 어우러져 북적였다.

수많은 사람들과 그들의 말소리로 복잡한 외성과 달리 내성 안은 고요하기만 했다.

쾅!

둔탁한 충격음이 들리기 전까지는 말이다.

"지금 그걸 말이라고 하는 거냐? 뭐? 아킬레우스와 1:1 결투?"

쩌렁하게 울리는 고함은 내성의 중앙 방, 트로이군의 수뇌부 회의실에서 나오고 있었다.

회의실 안.

중앙에 원탁이 놓인 그곳엔 트로이와 동맹국의 중요 인사들이 착석한 상태였는데, 오직 한 사람만이 자리를 박차고 일어나 있었다.

언뜻 봐선 여인이라고 봐도 될 정도로 고운 얼굴을 지닌 금발의 조각 미남.

그는 바로 이번 전쟁의 원인을 제공한 트로이의 왕자 파리스였다.

"네 녀석이 정녕 형님을 죽이고 싶은 것이냐?"

이글이글 타오르는 그의 시선이 향한 곳은 원탁의 가장 구석진 자리였다.

자리는 곧 서열을 나타내는 것.

가장 상석의 헥토르에게서 가장 멀리 떨어져 있다는 건 그자의 직위가 이 자리에서 가장 낮다는 것을 의미한다.

"그건 오해십니다."

파리스의 날 선 말에도 전혀 옅은 미소로 응수하는 대담한 사내. 놀랍게도 그는 주민이 아닌 입문자, 정훈이었다.

아올리스항과 같은 큼직한 전투는 아니었지만, 지속적으로 일어난 소규모 전투에서 빼어난 활약을 보인 그는 어느새 천인대를 이끄는 부대장의 직위를 거머쥘 수 있었다.

하지만 이 자리는 각국의 왕이나 영웅 들이 모인 자리다.

일개 부대장이 올 수 있는 곳은 아니었으나, 총사령관 헥토르의 전언에 의해 참석하게 되었던 것이다.

감히 부대장 따위가 중요 인사들이 모인 곳에서 발언이나 할 수 있을까.

하지만 그는 모두의 예상을 깨고 처음부터 한 가지 안건을 발의했다.

'헥토르 왕자님과 아킬레우스와의 1:1 결투를 제안하는 바입니다.'

툭 튀어나온 이 안건에 대해 불같이 화를 낸 건 파리스였다.

아킬레우스는 무적으로 알려진 존재. 그와의 1:1 대결은 사실상 죽음으로 몰고 가는 것과 다름없기 때문이다.

그렇지 않아도 헬레네의 일로 입지가 좁아졌다. 둘째 왕자의 신분, 그리고 형인 헥토르의 변호가 아니었다면 진즉 그리스 연합으로 내쳐졌을 터였다.

영원한 우군인 헥토르를 사지로 보낼 순 없었다.

이러한 마음이 반영되어 정훈을 비난했다.

물론 당사자는 아무렇지 않게 받아치고 있었지만.

"오해? 뭐가 오해란 말이냐. 아킬레우스와 1:1 대결을 벌인 이중 살아남은 자가 있더냐. 그게 형님이라고 다를 바는……."

말을 이어 가려던 그는 이내 실수를 깨닫곤 입을 다물었다.

아무리 사실이라 해도 총사령관인 헥토르의 무력을 깎는 건 진영의 사기 저하는 물론, 각국의 수장들에게서 형의 얼굴에 침을 뱉는 것과 마찬가지였다.

아무리 안하무인에 눈치 없기로 유명한 그도 그 정도는 구분할 줄 알았다.

"어쨌든 안 된다. 형님은 연맹의 총사령관이다. 함부로 움직일 수 없는 위치란 말이다."

애써 말을 돌린 그는 총사령관이란 직위를 들먹이며 절대 안 된다고 못을 박았다.

설득력이야 어떻든 그건 다른 수뇌들도 똑같은 생각이었다.

총사령관의 패배는 곧 전쟁의 패배를 의미하는 것과 다름 없다.

특히 아킬레우스와의 승산 없는 결투라면 더욱이 말릴 수밖에 없는 것이다.

다른 수뇌들 또한 어처구니없다는 시선으로 정훈을 바라봤다. 단 한 사람, 헥토르를 제외하고서.

"확실히 파리스의 말이 옳다. 내가 아무리 날고 뛰어 봐야 아킬레우스와의 결투에서 승리를 장담할 수 없다. 아니, 솔직히 말하면 백이면 백 패하게 될 것이 분명하다. 그런데 그와 1:1 결투를 벌이라니. 도대체 무슨 생각인가, 한정훈 부대장?"

조용조용 말했지만 헥토르의 한마디는 모두의 귓가에 꽂

혀 들었다.

자신의 마력을 조절해 상대의 귀로 흘러들어 가게 했기 때문이다.

세밀한 마력 조절은 그의 실력을 단적으로 보여 주는 것.

비록 아킬레우스에 비해선 조금은 부족하나 헥토르의 무력도 괴물이라 불리기에 충분했다.

"사실 아킬레우스가 무적이라 불리게 된 건 그가 지닌 불사지체 때문입니다."

아무리 무골을 타고났어도, 아킬레우스의 나이라고 해 봐야 이제 겨우 17세다.

그 단련에 한계가 있을 수밖에 없었고, 실제 무력만 따지면 헥토르와 비슷한 정도다.

단지 그가 무적이라는 칭호를 받게 된 건 그 어떤 공격도 통하지 않는 불사지체 때문이었다.

"서론이 길군. 본론만 말하게."

"네, 그러지요. 그렇다면 불사지체를 깨뜨릴 약점만 알고 있다면 결투에서 승리하는 게 가능하지 않겠습니까."

정훈의 한마디는 장내에 적지 않은 파장을 불렀다.

"뭐, 뭣이?"

"약점을 알고 있단 말이냐?"

수많은 이들이 아킬레우스의 약점을 찾기 위해 노력했으나 그 모든 시도는 실패로 돌아갔다.

오히려 약점을 캐기 위해 덤볐다가 죽어 나가기 일쑤였다.

수백 명의 희생자가 생긴 이후에야 그 육신엔 약점이 없다는 결론을 내렸었다.

그런데 이제 와서 약점이라니.

"물론 알고 있습니다."

"당장 말해 보거라. 그의 약점이 무엇이냐?"

심드렁하던 수뇌부들의 눈이 반짝였다.

아킬레우스의 약점만 파악한다면 그를 쓰러뜨려 위명을 드높일 수 있기 때문이다.

'하여간 기회만 있으면 달려들기는.'

쉽게 알려 줄 마음은 없었다. 아니, 그들에게 말할 일은 없을 것이다.

그도 이 약점을 알아내기 위해 수백 번의 시도와 도전을 해야만 했었다.

여자, 독, 익사, 감전 등 그 시간만 장장 3개월에 달했다.

그렇게 하고서도 약점을 파악하지 못해 내심 포기하려 했으나 우연히 들어간 일격이 성공하면서 겨우 알아내게 되었다.

그만큼 귀중한 정보였기에 아무런 이득 없이 넘겨줄 순 없는 노릇이었다.

"낮말은 새가 듣고, 밤말은 쥐가 듣는 법. 이 자리에 계신 분들을 믿지 못하는 건 아니나, 비밀은 아는 사람이 적어야 비로소 비밀의 역할을 다하는 것 아니겠습니까? 아킬레우스의 약점에 관한 건 결투에 나서는 헥토르 왕자님이 아니라면 발설할 생각이 없습니다."

"무엄하구나!"

"우리가 비밀을 발설이라도 한다는 것이냐!"

"건방진……!"

수뇌부들이 곧장 반발하며 나섰다.

하지만 정훈은 아랑곳하지 않았다.

오직 헥토르만을 바라볼 뿐이었다.

그 뜨거운 시선이 말하고자 하는 게 무엇인지 어렵지 않게 눈치챌 수 있었다.

"그만하십시오."

결국 정훈의 바람대로 그가 직접 나서 상황을 정리했다.

"그의 말이 옳습니다. 비밀은 아는 이가 적을수록 진정한 가치를 다하는 법. 결투의 승패가 나기 전까진 비밀로 하는 게 좋을 것 같습니다."

결투라는 단어를 꺼냈다는 건 정훈의 제안을 승낙한다는 의미였다.

"형님!"

놀란 파리스가 눈을 동그랗게 떴다.

"걱정하지 마라. 약점만 파악할 수 있다면 능히 그를 이길 수 있으니."

"하, 하지만……."

그는 내심을 말하지 못했다.

사실 형의 안전이 아니라 혹여 그가 패배할 경우 자신의 처지를 걱정하고 있음을 말이다.

"물론 그가 말하는 약점이 사실일 경우에 해당하겠지만."

헥토르의 날카로운 시선이 닿았다.

"물론 확실합니다."

정훈이 옅게 미소 지었다.

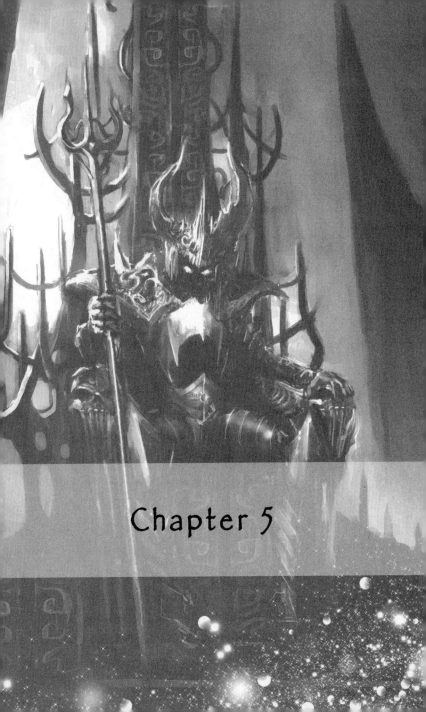

Chapter 5

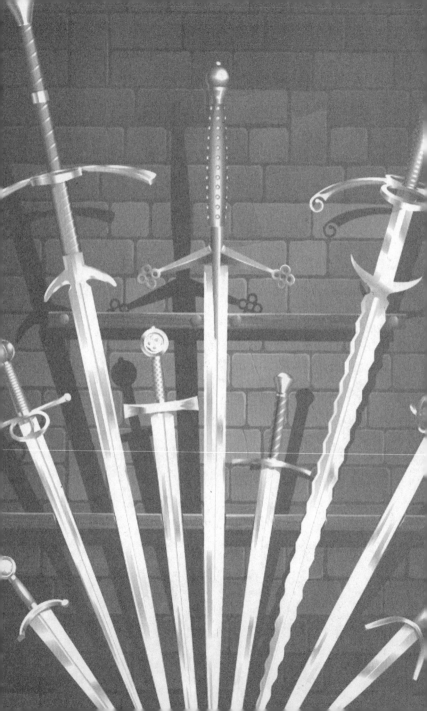

초원이 드넓게 펼쳐진 스카만드로스 평야.

해가 솟아오르는 동쪽을 향해 걷다 보면 우뚝 솟은 오크 나무 하나가 서 있다.

트로이 사람들에겐 '결투의 나무'라 불리는 곳이다.

전설에 의하면 유명세를 떨치던 검투사 둘이 서로의 가슴에 칼을 박아 넣고 동시에 죽음을 맞이했다고 한다.

이 오크 나무는 그들의 투쟁을 기리기 위한 숲의 요정들의 축복.

정당한 결투를 원하는 이들이 찾는 명소 중의 하나였다.

휘잉.

한 줄기 바람과 함께 홀연히 나타난 사내가 있었다.

목 언저리까지 내려오는 금발, 그리고 햇빛에 반짝이는 황금 무구를 착용한 그는 아킬레우스였다.

흡사 매와 같은 날카로운 그의 눈이 주변을 이 잡듯이 뒤졌다.

"내 앞에서 잔재주는 소용없다, 왕자."

이리저리 움직이던 눈동자는 오크 나무 위로 고정되었다.

"하하, 과연 아킬레우스. 내 위장술을 잔재주 정도로 취급하다니."

마치 물결이 흐르듯 공간이 흐트러지며 모습을 드러냈다.

그는 바로 헥토르. 그리스 연합에 편지를 묶은 화살을 보내 아킬레우스를 이곳으로 이끈 장본인이었다.

"철이 없는 왕자인 줄은 몰랐건만. 이 나에게 도전을 하다니. 어리석기 그지없구나."

이미 모습을 드러내기 전부터 주변을 샅샅이 뒤졌다.

그의 날카로운 이목에 잡히는 건 오직 헥토르 하나뿐, 다른 이들의 흔적을 찾아볼 수 없었다.

함정이 아니다.

눈앞의 저 멍청한 왕자는 정말로 1:1의 결투를 원하고 있는 것이다.

"아킬레우스, 네가 그리스에선 무적이라 칭해지는지 모르겠지만, 나도 트로이에선 그 누구에게도 패한 적이 없다."

"그럼 이제 첫 패배를 기록하게 되겠군."

"그건 내가 할 소리다."

두 사람의 주위로 강렬한 기세가 뿜어져 나왔다.

이때 생겨난 기의 소용돌이로 대지가 진동하고 대기는 울부짖었다.

무려 극의 초입에 닿은 경지였다.

단순히 기세를 내뿜는 것만으로도 사람을 죽일 수 있는 강렬한 기의 파장이었다.

그 기운이 절정에 이르렀을 무렵이었다.

"합!"

서로를 향해 쇄도한 두 사람이 마침내 격돌했다.

콰콰쾅!

검이 부딪치며 맑은 금속음이 아닌 폭발음이 발생했다.

기에 둘러싸인 무기에서 나오는 위력은 단순한 휘두르기의 차원을 넘어선 것이었다.

웬만한 영웅조차 일격에 나가떨어질 대단한 위력이었지만 헥토르와 아킬레우스 두 사람은 아무렇지 않게 서로의 공격을 받아 내고 있었다.

초반 둘의 전투는 백중지세라 할 만했다.

실제로 비슷한 경지였고, 착용하고 있는 무구의 질에서도 큰 차이가 없었던 것이다.

문제는 마음가짐의 차이였다.

아킬레우스는 헥토르의 공격에서 자유로웠다.

아무리 대단한 공격이라 해도 전혀 타격을 받지 않는 불사지체였기 때문이다.

그렇기에 공격 일변도의 공격으로 일관할 수 있었다.

그 공격 하나하나가 동귀어진을 각오한 동수의 것이었다.

반면 헥토르는 아킬레우스의 공격이 부담스러울 수밖에 없었다.

자칫 잘못하면 그 순간이 끝이니 아무래도 긴장할 수밖에 없었고, 긴장은 곧 육신의 피로를 불러왔다.

서걱.

결국, 아킬레우스의 검이 그의 가슴팍을 베었다.

훌륭한 보호구 덕분에 큰 피해를 막을 순 있었으나 그 한 번의 공격으로 승기는 아킬레우스 쪽으로 기울었다.

여전히 공격 일변도의 공격으로 몰아세웠다.

사납기 그지없는 연속 공격에 헥토르는 연신 물러날 수밖에 없었다.

"끝이다, 왕자!"

손목의 충격으로 검을 제대로 가누지 못하는 헥토르를 향한 최후의 일격이 펼쳐졌다.

우우웅.

그 어느 때보다 강력한 기운이 실린 아킬레우스의 검이 헥토르의 목울대를 노리고 날아들었다.

하지만 그 순간 아킬레우스는 보지 못했다, 당황으로 일그러져 있던 헥토르의 눈동자에 이채가 스치고 지나가는 것을.

쾅!

무너진 자세는 속임수였다. 곧장 자세를 고친 헥토르의 검이 아킬레우스의 검을 튕겨 냈다.

오직 이 순간만을 위해 모으고 모은 전력을 쏟아부은 것이다.

충격으로 인한 반탄력에 의해 아킬레우스의 양손이 하늘로 솟아올랐다.

"너의 패배다!"

상체를 숙인 헥토르의 검이 아킬레우스의 뒤꿈치를 향해 쇄도했다.

콰득.

'아킬레우스의 약점은 발뒤꿈치입니다. 그의 어미 테티스가 불사지체를 만들기 위해 스틱스 강에 몸을 담갔지만, 발목을 잡은 손에는 강물이 묻지 않아 유일한 약점이 생기게 된 것이죠.'

정훈에게서 약점을 전해 들은 순간부터 전투의 대략적인 그림을 그려 두었다.

승리를 확신한 그 순간의 빈틈을 파고들어 유일한 약점을 공략하는 것.

전날 밤부터 수백 번 그려 온 전투의 과정은 한 치도 벗어나지 않은 채 진행되었고, 최후의 일격 또한 성공적으로 들어가는 듯했다.

콰득.

헥토르의 눈이 당황으로 물들었다.

손 안에 느껴지는 감각은 살을 베어 낸 게 아니었다.

과연 그의 예상처럼 살점을 대신해 금속 파편이 사방으로 비산했다.

본인의 유일한 약점을 파악하고 있었던 아킬레우스는 뒤꿈치에 보호대를 착용하고 있었다.

그것도 대장장이의 신 헤파이토스가 특별히 제작해 준 것으로, 헥토르의 일격을 막기엔 충분한 것이었다.

"알고 있었구나!"

아킬레우스 또한 놀란 마음을 감추지 못했다.

정확히 자신의 약점을 향한 것이었다. 그것도 지금껏 송곳니를 감춘 채 이 순간만을 노린, 너무도 계획적인 공격.

약점을 파악하고 있지 않았다면 결단코 할 수 없는 일련의 행동이었다.

'틀렸다.'

약점을 알지 못하는 척 방심을 노렸기에 성공할 수 있었다.

경계하기 시작한다면 다음 기회는 있을 수 없다.

상황의 흐름을 파악한 그는 재빨리 최후의 수단을 꺼냈다.

"아폴론 신이여, 당신의 약속을 이행할 때입니다."

그의 망토를 고정하고 있던 태양의 브로치에 대고 기원했다.

태양의 브로치.

이것은 그가 직접 아폴론 신에게 받은 신기 중 하나로, 그 어떤 위기에서도 목숨을 한 번 구해 주는 효과가 있었다.

그 순간이 바로 지금이다.

작정한 아킬레우스의 손길을 벗어나기 위해선 신의 힘을 빌려야만 했다.

"어딜!"

심상치 않은 기운을 감지한 아킬레우스가 창을 고쳐 잡았다.

파파파팟!

마치 수천 개의 창으로 불어난 것처럼 주변의 모든 방위를 차단한 공격이 헥토르를 향해 쇄도했다.

평상시라면 모를까, 지친 헥토르가 절대 벗어날 수 없는 회심의 공격이었다.

"제길!"

분노한 아킬레우스의 독백이 결과를 말해 주었다.

그의 창은 허공만을 스치고 말았다.

공격이 닿기도 전 헥토르의 존재가 사라져 버린 탓이었다.

분풀이를 하듯 손에 쥔 창을 지면에 꽂아 버렸다.

"이참에 확실히 제거했어야만 했는데."

적은 트로이의 총사령관이다.

그를 제거했다면 전쟁을 한결 수월하게 이끌 수도 있었을 터. 더불어 일전의 실수를 만회할 수 있는 기회를 놓친 셈이었다.

"맞아. 기회가 왔을 때 확실히 처리해야지."

돌연 들려오는 대답에 온몸의 털이 곤두섰다.

"누구냐?"

땅에 꽂아 놓은 창을 쥐어 들며 주변을 경계했다.

10미터 정도 떨어진 정면, 오크 나무 밑 일그러진 공간에서 나온 이는 정훈이었다.

퀴네에로 존재를 감추었던 그는 헥토르와 아킬레우스와의 전투를 줄곧 지켜봤다.

물론 전투의 결과는 이미 알고 있었다.

예상했던 대로 헥토르의 패배였다.

그는 자신의 역할인 보호구를 깨는 역할을 다한 채 도주했다. 모든 게 예상한 대로였다.

"누구긴 누구야? 확실한 기회를 잡은 사람이지."

아킬레우스의 약점을 파악하고 있다고 해서 그를 제거하는 일이 쉬운 건 아니다.

약점이라고 해 봐야 가장 공략하기 힘든 뒤꿈치인 데다가 도주하고자 마음먹는다면 따라잡는 것도 쉽지 않기 때문이다.

하지만 지금은 어떤가.

헥토르와의 일전으로 체력이 소모된 상태, 게다가 약점을 감싸고 있는 헤파이토스의 보호구마저 파괴됐으니 다시는 오지 않을 절호의 기회라 할 만했다.

"어디서 건방을!"

비록 헥토르와의 전투로 조금은 지쳤다곤 하나 움직이는 데 무리가 있을 정도는 아니다.

황금빛 광채에 물든 검과 창을 각각 양손에 든 아킬레우스가 지면을 박찼다.

순식간에 공간을 접어 들어오는 쾌속한 움직임. 하지만 정훈의 눈은 그를 놓치지 않았다.

키잉!

비다르와 발리를 처치해 얻은 전리품으로 완성시킬 수 있었던 오딘의 무장, 흘리드스캴브 세트.

이 불멸급 세트 아이템이 지닌 권능으로 아킬레우스의 예상 움직임을 미리 파악할 수 있었다.

'한 번.'

기회는 오직 한 번.

그가 도주를 마음먹기 전에 끝을 봐야만 했다.

이 강력한 상대를 일격에 없앨 수 있는 방법이라면…….

"최후의 싸움이 도래했으니 발키리, 나의 전사들아 소환에 응해라!"

12개 오딘의 무장 전부를 모아야만 발동할 수 있는 최후의 격, 발할라.

한 번 사용하는 것만으로 모든 무장의 고유 능력을 앗아 가지만, 그 위력만큼은 정훈이 지닌 모든 무구 중에서도 으뜸이었다.

그의 몸 주변으로 퍼져 나가던 검붉은 기운이 점점이 뭉쳐 형상을 취했다.

곧이어 날개를 형상화한 은빛 투구를 쓴 오딘의 전사들, 수천의 발키리가 아킬레우스 주변을 포위했다.

"허상 따위!"

이 용감한 영웅은 수천의 적을 보면서도 아랑곳하지 않았다.

어차피 기로 만들어 낸 허상. 황금 궤적이 주변을 난자했다.

카카칵!

"음?"

그 막강한 공격은 발키리들을 뚫지 못했다.

정훈이 만들어 낸 건 단순한 허상이 아니었다.

무구의 능력을 통해 펼쳐진 고유 결계.

이 결계의 범위 안에 있는 대상은 모든 능력이 15퍼센트 감소하며, 지니고 있는 무구의 등급이 1단계 하락한다.

게다가 더 놀라운 건 소환된 발키리들이다. 수천의 발키리의 복색이 저마다 달랐다.

특색 있는 무장은 바로 정훈의 보관함에 잠들어 있던 것이다.

발할라가 지닌 능력 중 하나가 격을 사용한 이의 무구를 발키리에게 착용시킬 수 있다는 점이었다. 보통은 지니고 있는 무장이 10세트를 넘지 않겠지만, 정훈은 달랐다.

수천의 발키리 전부는 아니나 대다수를 무장시킬 정도는 되었고, 이 강력한 무구가 아킬레우스의 공격을 막은 것이다.

하지만 놀라기엔 아직 이르다.

"전투준비!"

쿠쿠쿠쿠쿵.

발키리들이 내뿜는 기세로 대기의 흐름이 바뀌었다.

압력을 이기지 못한 바위가 바스라지고 그 파편이 허공으로 둥실 떠올랐다.

"크흡."

온몸을 짓누르는 미증유의 압력에 아킬레우스조차 새어 나오는 신음을 막지 못했다.

그럴 수밖에 없었다.

수천 명의 발키리가 각자가 지닌 무구의 격을 발동하고 있었던 것이다.

"말살해라!"

그의 명령이 떨어진 순간 발키리들은 각자의 무기에 깃든 격을 발동했다.

그 종류는 무궁무진했다.

엑스칼리버, 궁그닐, 천근활, 간장과 막야, 페일노트, 프라가라흐, 아슈켈론, 수트르의 검, 게이 볼그, 아론다이트 등 기존에 사용했던 것과 더불어 한 번도 선보이지 못한 다양한 무기의 격이 아킬레우스 하나를 노린 채 날아들었다.

분명 중천에 해가 떠 있건만 노을이 짙게 깔린 것처럼 세상이 붉게 물들었다.

수천의 발키리, 그리고 수천의 무기가 만들어 낸 장관이었다.

"으아압!"

대장장이의 신 헤파이토스가 제작한 이 막강한 무구는, 극에 이른 능력치를 지닌 아킬레우스조차도 두려움에 떨게 할 정도였다.

악에 받친 그는 자신의 모든 능력을 이끌어 내어 마구잡이로 발산했다.

아무런 형식도 없는 마구잡이식 공격이었으나, 그 위력은 막강했다.

콰콰콰콰콰!

발키리들과 아킬레우스의 기운이 충돌하며 연이어 폭발이 일어났다.

하지만 손바닥으로 하늘을 가릴 수 없듯 아킬레우스 하나론 수천의 발키리가 발휘한 격을 막을 순 없었다.

"큭!"

한 번 공격을 허용한 이후에는 구멍 난 둑처럼 걷잡을 수 없이 무너져 내렸다.

셀 수 없이 많은 공격이 아킬레우스의 몸뚱이를 두드렸다. 물론 불사지체였던 덕분에 타격을 받지는 않았다.

하지만 약점을 파악하고 있었던 정훈의 명령에 의해 집요할 정도로 뒤꿈치만을 노리고 있었던 탓에 매 순간이 위험했다.

그 틈을 정훈이 파고들었다.

후웅후웅.

바람을 가르는 소리가 요란하기만 하다.

지금까지 그 어떤 공격보다 강맹한 위력이 실린 묠니르가 아킬레우스의 뒤꿈치로 쇄도하고 있었다.

바로 정훈의 묠니르였다.

비루스크닐을 비롯해 각종 부가적인 능력과 드라우프니르, 메긴교르드의 근력이 합쳐진 일격필살의 공격.

쾅!

피해를 받지 않을 뿐이지 타격에 의한 충격은 전해졌다.

그 엄청난 힘으로 인해 생긴 반발력으로 인해 뒤꿈치를 보호하고 있던 양손이 튕겨져 올라갔다.

"안 돼!"

뒤꿈치를 보호하던 손이 사라졌다.

그 말은즉 죽음을 의미하는 것이었다.

뒤이어 날아온 발키리의 격이 뒤꿈치를 수도 없이 가격했다.

터엉!

잠시 후, 아킬레우스는 육신의 잔해조차 남기지 못했다.

대신 그의 드롭 아이템이 지면으로 떨어졌다.

시나리오 진행 이벤트를 통해서만 제거할 수 있었던 아킬레우스를 힘으로 굴복시키는 순간이었다.

드디어 목표로 하던 그리스의 영웅을 제거하는 데 성공했지만 정훈은 웃을 수 없었다.

-추가 시나리오 감지.

전혀 예상치 못했던 추가 시나리오의 발생을 알렸다.

퀘스트 : 안드라스의 복수
내용 : 종복의 죽음으로 심기가 상한 마신 안드라스가 영혼의 그릇을 찾아 지상에 헌신
제한 시간 : 무제한
성공 보상 : 솔로몬의 무구(무작위 중 하나)
실패 벌칙 : 복수의 대상이 된 입문자 진영의 패배

그것도 믿을 수 없는 내용이었다.

고오오.

곧 정훈의 주변 세계가 어둠으로 물들었다.

−드디어 그릇을 찾았도다!

심연의 끝에서 울리는 나지막한 음성과 함께 변화가 시작되었다.

후우웅.

주변을 잠식해 있던 어둠이 한곳으로 모여들었다.

그곳은 조금 전 아킬레우스가 죽음을 맞이했던 곳.

'설마?'

짐작 가는 바가 있었던 정훈이 눈을 크게 떴다.

찰나의 순간 모든 어둠이 물러나고 세계는 본래의 모습을 되찾았다.

유일하게 다른 변화가 있다면 그곳에 무시무시한 기운을 풍기는 사내가 서 있다는 것이었다.

마치 촉수처럼 넘실대는 검은 기운의 중심.

그곳에 서 있는 건 아킬레우스였다. 아니, 아킬레우스라곤 말할 수 없었다.

황금빛으로 물들어 있던 금발은 흑색으로 뒤바뀌어 있었고, 눈동자 또한 심연을 품고 있었다.

−흠, 형편없는 육신이긴 하나 그릇 정도로는 문제없겠구나.

분명 입을 떼지 않았건만 말소리가 들렸다.

그것은 의지의 전달이었다.

"안드라스……."

72마신 중 63권좌의 마신 안드라스.

틈틈이 기회를 엿보고 있던 그가 아킬레우스의 육신을 복원해 이 세계에 헌신한 것이었다.

자신의 이름이 불리자 안드라스의 눈동자가 정훈에게 향했다.

그 순간이었다.

퍼억!

알 수 없는 기운이 날아들어 정훈의 복부를 가격했다.

"커흡!"

오딘의 안대도 예상 경로를 파악하지 못할 정도였다.

새우처럼 허릴 숙인 정훈이 지면에 무릎을 꿇었다.

─이거 만나자마자 이별이라니. 너무 아쉽지만……

잠시 말을 끊은 그의 눈이 흑요석처럼 번들거렸다.

인간의 의지로 말하자면 살의.

안드라스는 자신에게 반기를 든 인간과 대화를 나눌 정도로 자비로운 존재가 아니었다.

─그만 죽어라, 인간.

파직!

검게 물든 번개, 그의 고유 권능이기도 한 안드라스의 번개가 공간을 갈랐다.

세계에 무한히 뻗어 있는 안드라스의 시야는 정훈의 일거수일투족을 감시하는 중이었다.

이유? 그거야 당연히 자신의 계획을 무마시킨 건방진 필멸자에게 복수하기 위함이었다.

그의 권능 중 하나가 예지였다.

그 힘을 빌려 근래에 현신의 순간이 찾아올 것을 예상하고 있었기에 단 한 순간도 눈을 떼는 일이 없었다.

영원을 사는 그에겐 아주 짧은 기다림이었고, 드디어 그 순간이 찾아왔다.

반신 아킬레우스가 죽음을 맞이한 것이다.

마신이 지상에 현신하기 위해선 특별한 그릇이 필요하다.

많은 그릇이 있으나 그중에서도 최소한의 자질을 갖춘 게 반신이었다.

특히 아킬레우스는 반신 중에서도 최상의 자질을 지닌 존재.

안드라스는 영혼으로 화한 아킬레우스를 자신의 거처로 몰래 빼돌렸다.

악마가 인간을 불러들이는 이유야 뻔했다.

바로 계약을 맺기 위함이었다.

그는 정훈의 죽음과 그리스 연합의 승리를 조건으로 영혼을 복속시키길 제안했다.

고민은 길지 않았다.

복수심에 활활 타오르던 아킬레우스는 안드라스의 제안을 받아들였고, 아킬레우스의 영혼을 흡수한 그는 비로소 지상에 현신할 수 있게 되었다.

자신에게 치욕을 안겨 준 인간을 손수 제거하기 위해서 말이다.

파즈, 파즈즈.

안드라스의 번개.

일전의 베로나 후작이 펼쳤던 것과 동일하나 그 위력 면에서 천양지차였다.

심연 너머 세계의 기운, 마기魔氣로 충만한 번개는 죽음의 기운을 담고 있었다.

아무리 날고뛰는 정훈이라 해도 이 강력한 공격을 막는 건 벅찬 일이었다.

특히 대다수 무구의 격을 사용하고 난 이후라면 더욱이 그렇다.

'이렇게 빨리 올 줄은 몰랐지만.'

고통으로 일그러져 있던 정훈의 입가에 옅은 미소가 걸렸다.

정확한 시기를 몰랐을 뿐 72마신의 습격에 대비하고 있었다.

"왕의 반지 앞에 모든 마의 기운은 흩어지니."

다분히 의도적으로 중지에 낀 별 문양의 검은 반지는 수르트의 자식들을 죽여 획득한 솔로몬의 반지였다.

그것도 예전의 모조품이 아닌 진품으로, 그 등급도 태고급에 달하는 장신구였다.

별 문양의 중앙에서 새어 나온 푸른 빛이 안드라스의 번개를 비추었다.

스륵.

그러자 점차 기세를 잃기 시작한 검은 번개가 이내 자취를 감추었다.

"솔로몬의 반지!"

비록 전력은 아니었으나 나름 힘을 쓴 일격이었다.

그런데 허무하게 소멸했다.

이리도 간단히 마신의 소멸시킬 수 있는 건 오직 하나, 솔로몬 왕의 신기뿐이었다.

"왕의 권위가 눈앞에 있는데, 그렇게 뻣뻣하게 서 있을 거야?"

모든 마신을 굴복시킨 왕의 상징.

지난번 바포메트 때와 마찬가지로 예의를 다하길 종용했다.

－하, 건방지구나! 솔로몬 왕이 직접 내 눈앞에 있지 않은 이상 그따위 상징으로 날 굴복시킬 순 없다.

'쳇!'

물론 알고 있었다.

고위급 악마까진 몰라도 마신이나 되는 위치의 존재들은 상징만으로 무릎을 꿇릴 순 없었다.

그래도 혹시 모를 가능성을 위해 슬쩍 미끼를 던졌지만, 넘어오는 일은 없었다.

─솔로몬의 반지라. 그의 후계자를 여기서 보게 될 줄이야.

솔로몬의 반지라고 해 봐야 입문자들에겐 그냥 좋은 아이템에 불과하나 마신들에겐 그 의미가 달랐다.

그의 정식 후계자임을 상징하는 증표가 바로 이 반지였으니까.

─반드시 네 녀석을 죽여야겠구나.

검게 물든 안드라스의 눈동자 사이로 초록색 문양이 그려졌다.

그것은 올빼미 문양으로, 안드라스를 상징하는 것이기도 했다.

마신의 문양이 눈동자에 새겨지는 건 그만큼 전력을 다하겠다는 의미였다.

"흡!"

그 기세를 정면으로 받아들여야 하는 정훈은 죽을 맛이었다.

긴장으로 털이 곤두섰다.

주변 대기는 바늘처럼 변해 온몸을 콕콕 쑤시는 듯했다.

─어디 이것도 받아 보아라.

이번으로 끝을 내려는 듯 극한까지 기운을 끌어모으던 그가 양손을 하늘 높이 올리더니 이내 지면으로 떨어뜨렸다.

콰아아!

대량의 검은 번개가 모여 생성된 거대한 창끝이 정훈을 향해 떨어지고 있었다.

번개 하나만 해도 능히 성을 날릴 수 있는 위력이다.

그런데 그 위력의 번개가 수천수만 개는 모여 만들어진 창의 위력은 뭐라 설명할 수 없는 지경의 것이었다.

하지만 정작 그 재앙을 받아야만 하는 정훈의 눈은 생기로 반짝이고 있었다.

'역시 아직 눈치채지 못했군.'

내심 쾌재를 부른 정훈이 다시 한 번 솔로몬 반지의 권능을 발휘했다.

수우우우.

그러자 놀라운 광경이 펼쳐졌다.

안드라스가 시전한 마계의 창이 진공청소기에 흡수되는 먼지와 같이 솔로몬의 반지로 흡수되고 있었던 것이다.

—어찌 이런……!

그 순간만큼은 모든 것을 초월한 이 마신도 경악할 수밖에 없었다.

아무리 그릇의 제한으로 일부 힘밖에 사용할 수 없다지만, 그래도 전력을 다했다.

마신의 전력을 이리도 쉽게 소멸, 아니, 흡수하다니.

보고도 믿기지 않는다는 건 이럴 때 쓰는 말일 터였다.

─그렇군. 그 반지가 문제였어.

그제야 눈치챌 수 있었다, 저 건방진 인간이 낀 반지의 능력이 무엇인지를.

─마기를 흡수하는 것이로구나!

그의 짐작처럼 솔로몬의 반지가 지닌 권능 중 하나가 모든 마기를 흡수하는 것이었다.

단, 여기엔 제한이 있는데, 순수하게 마기로만 이루어져 있어야만 한다는 점이다.

이질적인 기운이 조금만 섞여도 효과를 볼 수 없었다.

'역시 기억이 소거되었어.'

일찍이 솔로몬 왕과 겨뤄 본 자들이다.

그런데 어째서 그의 무구가 지닌 능력을 모를 수 있을까.

사실 이 모든 건 솔로몬 왕의 계획이었다.

자신 사후에 72마신의 횡포를 염려한 그는 마지막 권능을 발휘했다.

그것은 기억의 소거.

솔로몬의 무구가 지니고 있는 능력을 72마신의 기억에서 지워 버리는 것이었다.

그래야만 자신의 무구를 손에 넣은 후손이 72마신을 상대로 좀 더 유리한 전투를 가져갈 수 있을 것이라 판단한 것이다.

그리고 그 혜안이 지금 빛을 발했다.

"단지 그것뿐이라면 태고급이 될 수 없지."

안드라스의 전력을 흡수해 마기를 잔뜩 머금은 반지.

검은 광택으로 번들거리는 그것을 한 바퀴 돌리며 외쳤다.

"정화된 마기는 왕의 힘이 될지니."

솔로몬의 반지로 흡수된 마기는 특수한 마법의 작용을 거쳐 정화된다. 그리고 이 정화된 마기는 반지를 착용한 이에게 무작위의 힘을 부여한다.

꽈악.

몸속을 휘감아 도는 미지의 힘에 주먹을 꽉 쥐어 보았다.

정화된 마기가 주는 무작위 능력은 보호막, 능력치 상승, 솔로몬 왕의 특수 스킬 중 하나였다.

물론 흡수한 마기가 많으면 많을수록 그 능력의 상승 폭은 더욱 커진다.

현재 정훈은 능력치 상승을 적용받은 상태.

어마어마한 마기를 흡수한 만큼 그 능력치의 상승도 입이 쩍 벌어질 정도였다.

한정훈	
근력(脫) : 3,211	강인함(脫) : 2,985
순발력(脫) : 3,122	마력(脫) : 2,651

드디어 베일이 벗겨지는 순간이었다.

지금까진 극이 능력치의 한계라고 생각하고 있었으나, 그 위의 경지가 분명 있었다.

그 경지가 바로 탈脫이었다.

정화된 마기로 인한 경지의 상승과 더불어 보너스 능력치가 그대로 적용된 그는 한순간에 모든 것을 초월했다.

-네, 네놈……!

정훈의 달라진 기세를 느낄 수 있었다.

탈의 경지.

상위 권좌의 마신이라면 모를까 하위 권좌의 마신인 그에겐 부담스러울 수밖에 없었다.

왜냐하면 그도 탈의 경지에 있기 때문이다.

그것도 정훈보다 낮은, 2천에 머무르고 있는 수준이었다.

"이제 좀 쫄리지? 그래도 너무 늦었어."

전투 내내 보인 적 없었던 자신감을 보였다.

제한된 시간에 불과하지만, 높은 경지에 오르니 상대의 수준을 느낄 수 있었던 것이다.

상대의 수준이 자신보다 떨어진다는 사실을 알았는데 무엇을 망설일 게 있겠는가.

곧장 움직였다. 아니, 움직이려고 생각한 순간 그의 육신은 이미 목적한 곳에 당도한 상태였다.

갑자기 상승한 경지니 적응이 안 될 만도 했다.

하지만 그는 당황하지 않았다.

그리고 곧장 팔을 뻗어 안드라스의 인중을 노렸다.

웅웅.

그 짧은 순간에도 마력을 가득 머금은 주먹이 대기에 소용돌이를 일으키며 쇄도했다.

ー건방진······!

상대의 의도가 뻔히 눈에 보였다.

안드라스의 장기는 누가 뭐래도 마기를 운용해 펼치는 마계의 번개 마법이다.

어떻게 보자면 원거리에서 마법이나 날려 대는 마법사와 비슷하다고 생각할 수 있는데, 정훈 또한 그런 생각으로 근접전을 유도한 것이었다.

하지만 마신은 일반적인 마법사와 다르다.

육신과 정신, 두 가지 모두 초월적인 경지에 이른 게 바로 그들이었다.

불의의 기습을 침착하게 대응했다.

오른손으로 정훈의 주먹을 쳐 낸 후 왼손이 송곳처럼 복부로 파고들었다.

'제길. 근접전도 만만치 않네.'

쉽게 가나 했더니 역시 마신은 마신이었다.

마법은 물론 육체의 단련마저 아득한 수준인 것이다.

그렇다고 버겁다는 건 아니다.

현재 정훈의 능력치는 안드라스를 한참이나 앞서는 상태.

방심만 하지 않는다면 절대 질 상대는 아니었다.

 마치 조금 전 헥토르와 아킬레우스가 그러하듯 백중지세
의 전투가 한동안 이어졌다.
 대다수 무구의 격을 소모해 버린 정훈과 장기인 마기를 사
용하지 못하는 안드라스.
 둘의 전투는 오로지 손과 발을 이용한 육탄전이 될 수밖에
없었다.
 하지만 일반적으로 생각할 수 있는 단순한 육탄전이 아니
었다.
 주먹질 한 번에 산이 허물어졌다.
 발길질 한 번에 지면이 갈라졌다.
 세기의 대결이라 부를 만한 치열한 접전이었다.
 원래는 능력치가 앞서는 정훈이 유리하게 이끌어 갔어야
하겠지만, 현재의 경지에 적응도 제대로 되지 않은 데다가
마신의 박투술이 워낙에 정교했기에 팽팽한 균형이 유지되
었다.
 하지만 그것도 잠시, 시간이 지나면서 전투의 양상은 점차
한쪽으로 기울고 있었다.
 ─하하, 불사지체의 육신이라니. 반쪽 주제에 괜찮은 축복을 받은 녀
석이로군.
 아킬레우스의 육신을 복원해 지상으로 현신한 안드라스는

뜻하지 않게도 불사지체의 특성을 손에 넣게 된 것이다.

유일한 약점 뒤꿈치만 아니라면 아무리 강력한 공격도 소용없다.

이러한 장점을 십분 이용하여 거세게 공격했고, 그 기세에 정훈은 점차 밀리는 중이었다.

퍼억!

끝까지 한 번의 공격도 허용하지 않던 정훈이었지만 결국 오른쪽 어깨에 강한 충격을 받은 채 물러날 수밖에 없었다.

빨갛게 부어오른 어깨, 팔은 뼈가 없는 것처럼 덜렁거렸다.

충격에 의한 탈골이었다.

그렇지 않아도 불리한데 한쪽 팔마저 쓰지 못하게 된 것이다.

치명적인 부상으로 정훈의 얼굴이 형편없이 일그러졌다.

─후후. 이거 영광이로구나. 내 손으로 그자의 후계를 죽일 수 있다니.

72마신을 봉인한 지혜의 왕.

그의 후계를 죽일 수 있는 건 모든 악마에게 더없는 영광이었다.

승리를 직감한 그의 입가엔 비릿한 미소가 감돌고 검게 물든 눈동자는 희열로 가득 찼다.

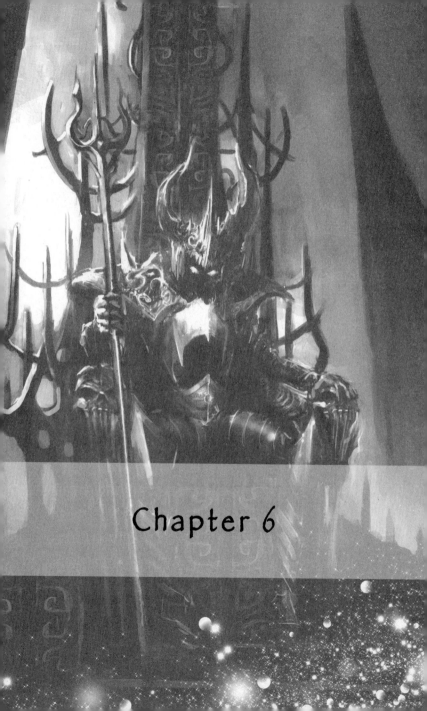

Chapter 6

"그렇게 쉽게 승부를 장담하는 게 아니지."

오른팔을 쓰지 못하게 된 상황이었다.

바로 코앞에 죽음이 다가와 있음에도 정훈의 입가에 새겨진 미소는 좀처럼 사라지질 않았다.

－허세는 여기까지다.

현재 자신에게 허락된 육신의 힘을 한계까지 끌어 올려 지면을 박찼다.

점멸하듯 쏜살같이 다가간 그의 주먹이 정훈의 미간을 향할 때였다.

"보아라, 왕의 권위가 찬란하게 빛나도다."

솔로몬의 반지에서부터 찬란한 푸른 빛이 폭발적으로 터

져 나왔다.

－이, 이게 무슨……!

빛의 영역에 닿은 순간 안드라스는 육신의 지배력을 잃어야만 했다.

마치 온몸이 쇠사슬에 꽁꽁 묶인 것처럼 아무것도 할 수 없었다.

－흐읍!

그뿐만이 아니다.

당연히 그래야 할 것처럼 무릎을 꿇은 채 상체를 숙이는, 경배를 위한 자세를 취하고 있었다.

왕의 경배.

솔로몬의 반지에 깃든 권능이 발휘된 것이었다.

이 권능이 발휘된 순간 모든 악마는 왕의 권위, 솔로몬의 반지를 착용한 이에게 경배해야만 한다.

어찌 보면 절대의 능력이라고 볼 수 있지만, 여기엔 몇 가지 제한이 있다.

바로 권능의 대상보다 반지를 지닌 이의 마력이 높아야 한다는 것.

현재 정훈의 마력은 탈의 경지에 2,651.

그에 비해 안드라스는 2,100밖에 되지 않는 수준이었다.

그렇기에 격렬히 저항하며 맞서곤 있었지만, 결국엔 경배할 수밖에 없다.

만약 안드라스의 마력이 조금 더 높거나 비슷한 수치였다면 왕의 경배는 깨어지고 오히려 이를 발휘한 정훈이 심각한 타격을 받았을 것이다.

'이것만큼은 사용하지 않고 싶었는데.'

미세한 균열이 생긴 솔로몬의 반지를 바라보던 정훈은 내심 씁쓸함을 감추지 못했다.

왕의 경배는 리스크가 아주 큰 능력이었다.

상대보다 마력이 더 높아야 한다는 점도 있지만, 가장 큰 단점은 권능의 상실이다.

악마와 같은 강력한 존재를 무릎 꿇리기 위해선 아주 방대한 힘이 필요했고, 그 힘이란 건 반지에 내재된 솔로몬 왕의 권능을 말한다.

왕의 권능은 반지를 이루는 생명력과도 같은 것.

이를 모두 소진하게 되면 반지는 제 기능을 상실한 채 부서지게 된다.

특히 그 대상이 72마신이나 되는 존재라면 다량이 권능이 소진되었을 게 틀림없었다.

'이제 한두 번이 한계다.'

제한된 반지의 권능만 믿을 순 없는 노릇. 실력 향상이 시급했다.

'이 망할 놈의 세계는 편하게 내버려 두질 않는단 말이지.'

신 아스가르드를 정복한 이후 이젠 좀 편해지지 않을까 생각하기도 했다.

하지만 이 세계는 그리 호락호락한 곳이 아니었다.

정체는 곧 죽음과 직결된다.

항상 자신을 갈고닦아 닥쳐올 시련에 맞서야만 했고, 눈앞에 무릎 꿇은 악마는 그 발판이 될 터였다.

-으으아아아!

지닌바 모든 힘을 쥐어짜 내며 저항하던 그의 상체가 결국은 굽었다.

72마신, 그것도 63권좌의 마신이 하등한 인간 따위에게 예를 표하고 만 것이다.

안드라스에겐 더없이 치욕스러운 순간이자 정훈에겐 더없는 기회이기도 했다.

"아이템은 고맙게 받으마."

무릎 꿇은 안드라스의 뒤로 돌아간 정훈의 발 차기가 정확히 뒤꿈치를 가격했다.

빠각!

강력하기 이를 데 없는 공격에 뒤꿈치가 완전히 아작 났다.

아킬레우스의 뒤꿈치는 평범한 인간의 심장과도 같은 역할이다.

유일한 급소가 박살 나면서 그 육체에 깃든 안드라스 또한 심각한 피해를 받아야만 했다.

휘오오오.

쓰러진 안드라스 주변으로 블랙홀이 생겨났다.

세상 모든 것을 집어삼킬 듯 엄청난 흡입력으로 끌어당기는 듯했다.

그러나 정훈을 비롯한 이 세계의 그 어떤 것에도 영향을 미치지 못했다.

그 흡입력에 영향을 받은 건 오직 하나.

—안 돼! 이렇게 연옥煉獄으로 돌아갈 순 없단 말이다!

흐릿한 녹색 올빼미 형상은 안드라스의 본체인 진혼眞魂이었다.

본래 마신은 영원불멸의 삶을 누리나, 지상에 현신한 대가로 생과사의 법칙을 따라야만 했다.

소멸을 맞이한 그들이 치러야 할 벌은 태초의 세계, 신마저 떠난 세계인 연옥으로의 감금이었다.

—네놈, 네놈만은 반드시…… 끄으아!

이글거리는 시선이 정훈에게 닿았다.

마지막으로 권능을 발휘해 정훈을 해하려 했으나 그 시도는 실패로 끝날 수밖에 없었다.

더욱 강력해진 흡입력이 발생한 것이다.

저항할 수 없는 그 힘에 의해 안드라스의 진혼은 연옥이라는 나락으로 끌려 들어갔다.

—72마신 중 63권좌의 안드라스 처치. '언령 : 63권좌' 각인.

—마신의 직위 획득으로 인한 특수 패시브 스킬 '마신의 군세', '마계 귀환' 생성.

—안드라스의 죽음과 함께 그의 군세 중 일부가 입문자의 주거지, 얼음 궁전으로 이동.

안드라스를 집어삼킨 블랙홀이 사라지고 여러 알림이 귓가에 울렸다.

언령 : 63권좌

획득 경로 : 63권좌의 마신 안드라스 처치.

각인 능력 : 마신의 위엄이 발생해 마계 장군 직위 이하의 모든 악마의 능력치가 50퍼센트, 공작 30퍼센트 대공 20퍼센트, 제왕 10퍼센트 감소. 장군 이하의 악마에게 주는 피해 100퍼센트, 공작 50퍼센트, 대공 30퍼센트, 제왕 20퍼센트 증가. 단, 다른 마신에 복속된 악마에겐 효과 없음. 장군 이하의 악마가 복속될 확률 60퍼센트, 공작 40퍼센트, 대공 25퍼센트, 제왕 15퍼센트 증가.

마신의 군세(패시브)

효과 : 마신 이하의 모든 악마를 복속(확률).
총 10만의 병력 충원 가능.
63권좌의 직위로 인한 보너스(모든 능력치 20퍼센트 상승) 부여.
설명 : 마신의 군세는 능히 세상을 정복할 수 있는 강력한 힘이다.

마계 귀환(액티브)

효과 : 악마들이 사는 세계, 마계로 가는 포탈을 연다.
설명 : 오직 힘만이 지배하는 약육강식의 세계인 마계. 이 혹독한 세상으로 갈 수 있는 유일한 문이다.

'뜻밖의 횡재인가.'

그렇지 않아도 준형과 그 똘마니들만으론 부족하다 느끼던 참이었다.

자신의 실력이 수직 상승하는 것만큼 이계는 점점 더 어려운 난관을 제시하고 있었다.

준형의 실력이 기대에 미치는 수준까지 올라오기 위해선 시간이 더 필요한 만큼 마신의 군세는 그 해결책이 되어 줄 터였다.

'우선은 군세를 좀 불려 놔야겠군.'

본래는 트로이를 도와 그리스 연합을 끝장낼 생각이었지만, 계획을 변경할 수밖에 없었다.

전쟁이 종결되는 즉시 메인 시나리오가 끝이 나고 세계가 붕괴한다.

그렇게 되면 이번 시나리오에 숨은 악마들을 군세에 복속시킬 수가 없다.

물론 마계에 가면 악마들이야 널려 있겠지만, 그곳은 마신들이 지배하는 세상.

다른 마신에게 복속된 악마들만 있을 테니 가 봤자 아무런 수확도 얻을 수 없을 것이다.

마계에서 탈출한 방랑 악마들을 복속시키는 것. 그것이 정훈의 목표였다.

'일단은 얼음 궁전부터.'

그에게 귀속된 영원의 터인 얼음 궁전.

조금 전 알림은 그곳에 안드라스의 군세 중 일부가 도착했다고 전했다.

보나 마나 호의적이지 않은 무리일 것이다.

그들의 목적이야 나약한 인간 나부랭이가 획득한 63권좌의 직위를 찬탈하기 위함일 터.

63권좌를 노릴 정도면 못해도 장군 이상의 직위를 지닌 고위급 악마일 것이다.

평소에도 만만치 않은 상대지만, 아직 그에겐 솔로몬의 반지로 인한 능력치 상승이 적용되고 있었다.

'지속 시간은 20분 정도.'

능력이 사라지기까지 20분이 남은 상황.

그 안에 그들을 굴복시키고 군세의 주인으로 인정을 받아야만 했다.

얼음 열쇠를 꺼내어 허공에 꽂는 시늉을 했다.

철컥.

금속이 맞물리는 소리와 함께 공간이 갈라지며 환한 빛이 새어 나왔다.

빛의 문.

그곳으로 발걸음을 옮기자 어느새 그는 온통 얼음으로 된 세계, 얼음 궁전에 도착할 수 있었다.

"왔느냐, 인간."

그곳에서 그를 맞이한 건 강력한 마기를 풀풀 풍겨 대는 고위급 악마들이었다.

그럴 수밖에 없는 게 안드라스 휘하 중에서도 가장 강력한 힘을 지닌 이들밖에 없었기 때문이다.

"마침 잘됐네. 귀찮으니까 한꺼번에 덤벼."

현재 정훈은 육체적인 능력만으론 안드라스마저도 가볍게 압도할 정도다.

게다가 모든 마기를 흡수하는 솔로몬의 반지마저 있는 이상 아무리 강력한 악마들이라 해도 그의 상대가 될 수 없었다.

"건방진 인간!"

"네 녀석을 죽이고 마신의 직위를 얻으리라!"

탐욕으로 번뜩이는 악마들이 앞다투어 달려왔다.

그 살벌한 광경을 바라보는 정훈의 입가에 미소가 그려졌다.

"아주 지랄을 하세요."

지면을 튕겨 나간 그의 손과 발이 화려한 궤적을 그렸다.

※

위대한 영웅 아킬레스의 죽음.

그것도 적의 총사령관 헥토르와의 1:1 대결에서 패했다는 소식은 그리스 연합에 적지 않은 충격을 가져 왔다.

그렇지 않아도 아폴론의 저주로 힘든 때, 아킬레우스의 죽음은 연합군의 사기를 바닥으로 곤두박질치게 만들었다.

전쟁이란 병력의 수나 정예함만으로 결정되는 단순한 게임이 아니다.

사기를 비롯한 여러 심리적인 요인과 운도 큰 영향을 미치는 것.

적의 사기는 바닥인 데 반해 아군의 사기는 충천한 상황이었다.

이에 결정을 내린 헥토르는 주변 동맹국의 도움을 받아 트로이 성을 박차고 나왔다.

그것은 누구도 예상하지 못한 대담한 공격이었다.

성에 꽁꽁 숨어 있을 것이라 판단해 방심하고 있었던 그리스 연합은 트로이의 반격에 속수무책으로 당할 수밖에 없었다.

야습에 의한 첫 전투로 2만 이상의 병력을 잃었다.

물론 그렇다 해도 그리스 연합의 병력 수가 압도적으로 많은 건 사실이었다.

상황을 수습한 수뇌부가 반격을 펼치려 했으나 이번엔 아폴론의 저주가 발목을 붙잡았다.

수가 많으면 뭐 하는가.

정신적, 육체적 결함을 앓고 있는 병력들이었다.

나라를 지키겠다는 사명 아래 한뜻으로 뭉친 트로이 병사들의 거센 공격에 스카만드로스 평야를 지나 처음 당도했던 아울리스항까지 후퇴해야만 했다.

당연히 승리할 것이라 생각했던 전투에서의 연이은 패배는 수뇌부의 갈등을 야기시켰다.

그렇지 않아도 아내와 딸의 죽음으로 다른 이들과 갈등을 빚고 있었던 아가멤논은 참아 왔던 불만을 토해 내기 시작했다.

고성과 욕이 오가는 회의는 감정적으로 진행될 수밖에 없었고, 이러한 갈등은 전투에 고스란히 반영되어 연전연패의 빌미를 제공했다.

심지어 아가멤논의 폭정을 참다못한 몇몇 왕들과 영웅은 참전을 포기한 채 자신의 나라로 돌아가는 사태까지 벌어질 정도였다.

지혜로운 왕 오디세우스의 중재로 추가적인 이탈은 겨우 막을 수 있었지만, 여전히 전투의 양상은 그리스 연합에게 불리한 상황이었다.

누구도 돌파구를 찾지 못한 채 골머리를 싸매고 있을 무렵, 희망의 빛이 그들을 비추었다.

난세는 영웅을 부른다고 했던가.

아킬레우스의 죽음으로 궁지에 몰린 그리스 연합에 새로운 영웅이 등장했다.

여러모로 불리하기 그지없는 두 번째 아울리스항 전투를

승리로 이끈 주역은 다름 아닌 입문자들이었다.

품이 넉넉한 검은 무복의 무리.

자신을 흑풍대黑風隊라 밝힌 그들의 무력은 수만의 병력으로 이루어진 군단과도 비견될 정도로 강력한 것이었다.

트로이나 그리스 연합 병사들의 평균적인 능력치는 강의 끝이다.

그에 반해 입문자의 능력치는 강의 초입.

능력치만 봐도 입문자가 확연히 밀리는 상황이었다.

하지만 흑풍대는 이러한 성장을 비웃기라도 하는 듯 트로이 병사들을 간단히 제압했다.

그 수라고 해 봐야 고작 100.

하지만 그들이 지닌 힘은 만부부당萬夫不當의 용장이라 할 만한 것이었다.

그들뿐만이 아니었다.

마치 때를 기다리고 있었다는 듯 특출 난 입문자들이 대거 전면에 나서며 전황을 뒤집어 놓았다.

트로이 또한 입문자들을 전면에 내세워 그들에게 대항하려 했으나 역부족이었다.

기량의 차이가 너무도 압도적이었기 때문이다.

기세란 건, 한 번 흐름을 타기 시작하면 제어하기가 힘들다.

일전의 트로이처럼 이번에는 그리스 연합이 반격을 시작했다.

그 기세는 참으로 매서웠다. 특히 가장 앞 선에서 마구잡이로 날뛰는 흑풍대를 제어할 방법이 없는 게 트로이의 패인이었다.

결국 아울리스항, 스카만드로스 평야를 지나 다시 성으로 돌아간 트로이는 높게 솟은 성벽을 방패 삼아 견고한 방어전에 돌입했다.

철옹성의 요새를 눈앞에 둔 그리스 연합 또한 함부로 그곳을 넘지 못한 채 침묵해야만 했다.

마냥 가만히 있었던 건 아니다.

이 흐름이 끊기기 전에 승부를 보기 위해 공성 장비나 마법 등을 이용해 부수어 보려 했지만, 강력한 보호 마법과 신의 축복을 받은 성벽은 작은 균열조차 허락하지 않았다.

사다리를 이용해 성벽을 넘어 보려고도 해 봤지만, 배수의 진을 친 트로이 병력의 저항에 부딪쳐 병력의 사상자만 낼 뿐이었다.

연달아 고배를 마신 수뇌부는 의미 없는 병력의 희생을 피하기 위해 임시 진지를 구축하며 한숨을 돌려야만 했다.

"이 잔혹한 아폴론의 개들아, 다프네 님이 너흴 용서치 않을 것이다!"

이슬기를 잔뜩 머금은 풀잎으로 가득한 신전 지하실.

무너진 천장 사이로 비치는 따사로운 햇빛, 그 중심에 초록색 로브를 뒤집어쓴 여자 사제가 성난 외침을 터뜨리고 있었다.

분노한 그녀의 외침은 자신을 포위하고 있는 세 명의 사내를 향한 것이었다.

곳곳이 찌그러지고 피로 얼룩져 있는 플레이트 아머를 착용한 그들은 준형, 그리고 대영과 제만이었다.

"그 사정을 모르는 바가 아니지만, 그렇다고 죄 없는 이들을 살해한 죄가 없어지는 건 아니다."

혹한의 검 알마스로 여사제를 겨눈 준형이 나직이 말했다.

트로이와 그리스 연합의 전투가 막바지로 치닫고 있는 지금, 그는 전쟁에 직접적으로 참여하기보단 트로이 내부의 여러 문제를 해결하고 있었다.

활약하지 못할 정도로 수준이 떨어져서가 아니다.

그간 그는 혁혁한 공을 세웠고, 그 활약을 통해 성의 경비대장직에 임명되었다.

경비 대장이 되면서 받은 특별 임무가 '시민들의 실종 사건'을 조사하는 것이었다.

아무런 실마리도 없는 오리무중의 사건이었다.

하지만 영특한 그는 다른 이들이 발견하지 못한 단서를 발견했고, 마침내 그 배후에 다프네의 사도가 있음을 밝혀낼 수 있었다.

처음엔 일반적인 이교도의 광신이 낳은 비극이라 생각했지만, 그 동기라는 게 너무도 절실했다.

아폴론의 일방적인 사랑으로 월계수가 되어 버린 다프네.

게다가 화가 난 아폴론에 의해 이교도가 되고 만 그들의 심정을 생각하면 아폴론을 모시는 트로이가 곱게 보일 턱이 없을 것이다.

물론 그렇다고 해서 아무것도 모르는 시민들을 잡아다가 고문하고, 제물로 바치는 그 행위가 정당화되는 건 아니다.

"하, 그 잘난 아폴론이 너흴 언제까지 돌보아 줄 거라 생각하느냐. 두고 봐라. 너희도 결국 우리처럼 그에게 버려지게 될 테니."

그녀의 저주가 귓가에 아련히 울렸다.

끝까지 악을 써 대는 상대와 더 말할 이유는 없다.

대답 대신 알마스의 권능을 일으킨 준형이 튀어 나가자 뒤를 이어 대영과 제만이 양쪽으로 달려들었다.

"쉽게 죽어 줄 것 같으냐!"

궁지에 내몰렸으나 여사제 네리아 또한 만만한 자는 아니었다.

이교도로 몰려 신도들의 숫자는 줄어들었으나 그래도 한 종교의 주교의 직위에 있는 이. 신력信力을 이용한 마법을 발현했다.

패의 끝에 달한 경지에서 뿜어져 나온 마법이었기에 그 위력은 강력하기 이를 데 없었다.

하지만 준형을 비롯한 세 사람에게 닿는 일은 없었다.

쾅!

지면을 강타한 마법이 굉음을 일으키며 소멸했다.

부단히 노력한 결과 현재 세 사람의 경지는 패의 초입에 닿아 있었다.

거기에 각종 무구와 보너스 능력치, 그리고 스킬의 힘까지 더하면 결코, 네리아에 밀리지 않는 수준이었다.

"발도拔刀."

허리 부근에서 출수된 준형의 검이 일직선의 궤적을 그렸다.

그 속도는 지금까지의 움직임을 훨씬 초월하는 수준이었다.

액티브 스킬 중 하나인 발도를 발휘한 덕분이었다.

스윽.

대영과 제만의 견제로 움직임을 제한받고 있었던 네리아의 목에 혈선이 그어졌다.

비스듬하게 흘러내리던 머리가 지면을 굴렀다.

-다프네의 사도 네리아 처치. '언령 : 트로이의 해결사' 각인.

언령 : 트로이의 해결사

네리아를 처치하며 쓸 만한 언령을 획득할 수 있었다.

그리고 그녀의 주위로 떨어져 있는 전리품도 성물급 1개
와 유일급 2개로 괜찮은 수확이었다.

임무의 최종 적을 물리쳤다.

게다가 전리품도 모두 획득한 상황. 하지만 그들은 좀처럼
움직일 생각을 하질 않았다.

"진실을 보는 눈앞에 거짓은 사라지고."

대영이 자신의 스킬, 진실의 눈을 발휘했다.

전투에는 하등 도움이 안 되지만, 주변에 숨겨진 장치나
함정 등을 파악하는 아주 유용한 스킬이었다.

"여깁니다."

앞장서서 걷던 그가 막다른 벽 앞에 멈춰 섰다.

다른 이들에겐 보이지 않으나 그의 눈에 확연히 보이고 있
었다.

숨겨진 장소를 뜻하는 붉게 빛나는 벽면이 말이다.

그곳에 서서 한참을 서성거리던 그들은 마침내 숨겨진 장
치를 발견할 수 있었고, 그 장소를 열 수 있었다.

"오오!"

탄성이 절로 터져 나왔다.

쏟아져 나오는 황금 빛 광채, 그곳은 번쩍이는 무구로 가득한 신전이 보물 창고였다.

오래전부터 지금까지 다프네 사도들이 보유하고 있었던 보물.

생각했던 것보다 더 많은 보물에 넋을 잃은 것도 잠시, 곧 분주히 움직이며 보관함에 쓸어 넣었다.

보물을 만지는 그들의 눈엔 탐욕이 깃들어 있지 않았다. 이것은 그들만의 것이 아니다.

이번 임무에 활약을 보인 협력 길드의 모두와 함께 공정하게 나누게 될 것이다.

이것은 길드장인 준형의 의지.

지금까지도 그랬고, 앞으로도 그 방식은 변하지 않을 터였다.

　　　　　　　　✦✦✦

휘잉.

꽤 쌀쌀한 바람이 성벽 위를 훑고 지나갔다.

성벽보다 더 높게 솟은 동쪽의 감시탑. 그곳에서 그리스 연합을 바라보는 건 준형과 그의 길드원들이었다.

시민들의 실종 사건을 해결한 준형은 헥토르의 치하와 함께 꽤 많은 보상을 얻을 수 있었다.

물질적인 보상뿐만 아니라 직책에도 변경되었다.

동쪽 성곽의 수비 대장.

난이도가 높은 임무였으니 여러 단계를 생략한 특진이었다.

직책을 맡은 그는 곧장 자신의 길드원들을 동쪽 성곽에 배치했고, 그 또한 감시탑에 서서 그리스 연합의 움직임을 관찰하는 중이었다.

"아무래도 당분간은 공격이 없을 듯합니다."

한동안 적진을 관찰하던 대영의 말에 준형 또한 고개를 끄덕였다.

이 견고한 성을 공략하는 방법이 단숨에 나올 턱이 없다. 괜히 무리해서 공격했다간 병사들의 피해만 늘어날 뿐, 적 수뇌부도 생각이라는 게 있다면 공격을 자제할 게 분명했다.

"그래도 감시를 게을리할 수 없습니다. 이제부터 4교대로 적진을 감시……."

언제나 방심이 화를 부르는 법. 준형이 이를 되새기려 할 때였다.

"음?"

적진을 관찰하고 있던 대영의 눈이 커졌다.

남들보다 몇십 배는 뛰어난 그의 시야에 들어오는 것, 그건 바로 적이었다.

불리함을 안고 공격에라도 나선 것일까.

아니, 그렇지 않았다.

성벽을 향해 다가오는 이는 고작 1명에 불과했던 것이다.

검은 삿갓과 장포로 몸을 가리고 있는 이.

'저자는?'

대영에겐 낯설지 않은 자였다.

선택의 방에서 있었던 일을 떠올렸다.

검은 삿갓의 인물, 그가 움직이자 이스턴 무사들이 그리스 연합으로 움직였다.

'뭔가 불길해.'

유난히 감이란 게 좋은 그다.

그 감 덕분에 위기를 넘기기도 여러 번.

지금 그의 감은 불길함을 경고하고 있었다.

"길드장님, 예감이 좋지 않습니다."

불길한 감에 대해 말을 마칠 때쯤이었다.

"무너져라."

분명 먼 거리였다.

하지만 마치 귀에 대고 속삭이는 것처럼 선명히 그 말소리가 들렸다.

그리고…….

와르르.

수백 년간 단 한 번도 무너져 내리지 않았던 성벽이 붕괴되었다.

대영과 마찬가지로 준형 또한 그 광경을 놓치지 않았다.

무너져라.

그 한마디를 중얼거린 검은 삿갓의 사내는 가볍게 정권을 내질렀을 뿐이다.

그런데 그 간단한 동작이 성벽의 붕괴를 일으켰다.

미증유의 힘에 의해 동쪽 성벽이 완전히 박살 나 버린 것이다.

'피해는?'

놀라운 반사 신경을 발휘해 무사히 착지한 준형이 주위를 둘러봤다.

"아이고, 나 죽는다."

"이게 무슨 일이래?"

성벽 붕괴와 함께 떨어진 길드원들.

앓는 소리를 내긴 했으나 다행히 사상자나 큰 부상을 입은 자는 없는 듯 보였다.

하지만 안심하기엔 아직 이르다.

"길드장님, 적입니다!"

여전히 적진을 관찰하고 있었던 대영이 소리쳤다.

그리스 진영, 그곳에서부터 검은 물결이 움직이고 있었다.

"흑풍대!"

전쟁의 판도를 바꿔 놓은 주인공들이 달려오는 중이었다.

"미친, 뭐 이리 빨라?"

그들을 주시하던 길드원들이 탄식을 쏟아 냈다.

트로이 성과 그리스 연합의 임시 진지는 매우 멀리 떨어져 있었다.

그런데 그 거리가 무색할 만큼 순식간에 거리를 좁히고 있는 것이다.

'시간을 벌어야 한다.'

부상자가 있기도 했고, 우왕좌왕하는 사이 몸을 뺄 시기를 놓쳤다.

이대로 등을 보여 도주한다면 적들의 먹잇감이 될 뿐이었다.

상념은 길었으나 행동으로 옮기는 건 순간이었다.

"거대한 검의 재앙이 떨어진다."

창공을 가득 메운 거대한 검이 지상으로 낙하했다.

일전에 정훈도 선보인 바 있는 전설급 대살상 무기 모글레이의 격.

시민들의 실종 사건을 해결한 후 헥토르에게서 보상으로 획득한 것이었다.

"후퇴, 후퇴하십시오!"

모든 마력을 쏟아부은 모글레이라면 충분히 시간을 벌어 줄 것이다. 재빨리 후퇴를 명한 준형도 트로이군이 버티고 있는 내성으로 움직이고자 했다.

"부서져라."

귓가에 파고드는 나직한 음성.

그 순간 준형은 믿기지 않는 광경을 목격해야만 했다.

파창!

마치 유리가 깨어지는 듯한 소음과 함께 모글레이가 산산이 부서졌다.

"이럴 수가!"

그 자세 그대로 얼어 버린 준형이 두 눈을 부릅떴다.

무려 전설급 무기의 격이었다.

그것도 모든 마력을 쏟아부은, 그야말로 최후의 공격이라 자부할 수 있건만…….

부릅뜬 그의 눈이 한곳에서 멈췄다.

그 시선 너머엔 어김없이 검은 삿갓 사내가 서 있었다.

하늘을 향해 주먹을 내뻗은 그의 팔이 서서히 본래의 자리를 찾아가는 중이었다.

왜일까?

그 순간 준형의 시간이 아주 느리게 흘러갔다.

검은 삿갓 사내의 고개가 정면을 향했다.

그리고 서서히 위에서 아래로 떨어지는 팔.

'안 돼!'

크게 소리치고 싶었으나 마치 벙어리가 된 것처럼 말이 나오지 않았다.

콰앙.

한차례 지면이 들썩였다.

등 뒤가 서늘해지는 느낌에 진동의 근원지를 향해 뒤를 돌아봤다.

"크흑!"

터져 나오는 신음을 막질 못했다.

성벽을 붕괴시켰던 그 미증유의 힘에 의해 거대한 크레이터가 생성되었고, 그 범위 내에 있었던 길드원 다수가 한 줌의 핏덩이로 화해 있었다.

"꾸, 꿈이야. 이건 꿈이 틀림없어."

"운진아, 운진아. 이 자식아!"

1막부터 지금까지 생사고락을 함께했던 소중한 동료들.

그들의 죽음에 대다수 길드원들이 넋을 잃은 상황이었다.

"흩어져!"

준형이 있는 힘을 다해 소리쳤다.

검은 삿갓 사내가 다시 한 번 팔을 들어 올리고 있었던 것이다.

하지만 그의 경고에도 누구 하나 움직이질 못했다.

워낙 찰나에 불과한 시간이었고, 동료들의 죽음으로 이성이 흐려진 탓이었다.

"이 개새끼야!"

분노한 준형이 어떻게든 그 시도를 분쇄하기 위해 튕겨져 나갔으나 거리가 멀었다.

이미 검은 삿갓 사내의 팔은 상반신을 지나쳐 골반 쪽으로 내려오는 중이었다.

'제발, 제발, 제발. 신, 아니, 악마라도 좋으니 누군가 도와 줘!'

준형은 지금껏 단 한 번도 초월적인 존재에게 기도한 적이 없었다.

일단 그가 무신론자이기도 했거니와 눈에 보이지도 않는 그런 상대를 향한 믿음이 지극히 어리석은 일이라 생각해 왔기 때문이다.

하지만 이 순간만큼은 달랐다.

신, 천사, 악마. 그 누구라도 상관없었다.

지금의 위기를, 길드원들을 살릴 수 있다면 영혼마저도 바칠 수 있었다.

물론 그것이 의미 없는 일이라는 것을 알면서도 기원하고 또 기원했다.

지금 준형이 할 수 있는 일이란 게 고작해야 그것뿐이었다.

퍼억!

그 순간 그는 기적과 대면할 수 있었다.

땅에서 솟아난 것처럼 갑작스레 등장한 누군가가 검은 삿갓 사내의 복부를 발로 걷어차 버린 것이다.

불의의 기습을 허용한 사내는 새우처럼 둥글게 몸을 만 채 튕겨져 나갔다.

"어디서 남의 개를 건드리고 지랄이야?"

거친 욕설과 함께 등장한 이. 익숙한 그 음성의 주인공은 바로 정훈이었다.

"정훈 님!"

기쁨에 겨워 그 이름을 불러 보았다.

"정훈 님은 개뿔. 닥치고 수습이나 해. 아직 끝나지 않았으니까."

기쁨의 해후는 나중이었다. 아직 적을 처리하지 못했기 때문이다.

어느새 제자리로 돌아온 검은 삿갓 사내가 정훈을 응시하고 있었다.

이건 고래의 싸움이다.

새우 따위가 낄 자리가 아님을 깨달은 준형은 그 자리를 벗어나 길드원들에게 향했다.

"넌 누구지?"

감정의 고조가 전혀 느껴지지 않는 음성은 사람이 아닌 기계가 말을 하고 있는 듯했다.

"누군지 묻기 전에 자기부터 소개해야 하는 게 예의 아냐?"

"흠, 어차피 죽을 녀석에게 내 소개를 하는 게 무슨 의미가 있지?"

자신감이 넘치다 못해 광오하다.

하지만 정훈 또한 자신감이라면 누구에게도 지지 않는다.

"그래, 그거야. 어차피 죽을 놈이 뭘 물어봐? 그냥 뒈져!"

그리 말한 정훈이 막 움직이려던 그 순간이었다.

"감히 누구에게 손을 대는 것이냐!"

우렁찬 외침과 함께 정훈의 주변을 포위하는 이들이 있었다.

마치 검은 물결과도 같은 그들은 흑풍대. 개개인이 만부부당의 힘을 지닌 괴물들이었다.

"신마神魔시여, 이곳은 저희가 처리하겠습니다."

검은 삿갓의 사내, 신마가 해야 할 일은 따로 있었다.

흑풍대는 신마가 오롯이 그 일을 할 수 있도록 보좌하는 이들.

당연히 방해꾼인 정훈을 막아설 수밖에 없었다.

"알겠다."

무심히 한마디를 내뱉은 신마가 트로이 성을 향해 움직였다.

"어딜 내빼려고?"

정훈이 신마의 앞을 가로막으려 했으나 그보다 흑풍대의 움직임이 더 빨랐다.

"네 녀석은 우리가 상대하마."

주위를 포위한 흑풍대가 이리저리 움직이며 기이한 진陣을 형성하기 시작했다.

고오오오.

그 순간 흑풍대가 발산하는 기세가 몇십 배는 상승하여 정훈을 압박해 왔다.

'진법陣法이로군.'

일찍이 게임에서 이스턴과 전투를 치러 본 정훈은 그 정체를 파악하고 있었다.

진법.

이스턴 무사들의 합격술로 개개인은 그리 강하진 않더라도 이 진법의 힘을 빌리면 수배 내지는 수십 배의 힘을 낼 때도 있다.

그렇지 않아도 하나하나가 괴물인 흑풍대가 진법의 힘을 빌리는 순간 그 위력은 상상을 초월할 정도였다.

당연히 그럴 수밖에 없었다.

정훈이 보여 준 일련의 동작을 통해 그가 보통이 아님을 파악하고 처음부터 전력을 다하고 있는 것이었다.

온몸의 털이 곤두서는 듯한 강력한 기세였다.

아무리 정훈이라 해도 흑풍대를 쉽게 떨칠 수는 없었다.

유일하게 신마를 상대할 수 있는 그가 여기서 발목이 붙잡혀 버리면 전쟁의 승패는 보지 않아도 뻔한 것.

"이거 미안한데, 내가 잔챙이들은 상대하지 않는 주의라 말이야."

그러나 귀를 휘휘 후비며 귀찮은 티를 역력히 보여 주던 정훈. 오만함의 끝을 보여 주던 그는 조용히 중얼거렸다.

"63권좌의 마신이 명하니, 오라, 나의 군세여."

스킬을 발동시키는 시동어와 함께 시공간이 어그러졌다.

찌익.

뒤틀림을 이기지 못한 공간이 찢어지고, 그 사이로 흘러나온 어둠이 주변을 잠식해 들어갔다.

어느 정도 영역을 확장한 어둠 사이로 모습을 드러내는 존재들이 있었다.

"마신을 뵙습니다."

"마신을 뵙습니다."

사방에 울려 퍼지는 우렁찬 외침.

거대한 뿔과 박쥐 날개, 가지각색의 흉측한 형상의 그들은 다름 아닌 악마들이었다.

그것도 모두가 장군 이상의 고위급.

모습을 나타낸 수백의 악마들 중 하위급은 찾아볼 수 없었다.

그간 전쟁을 뒤로한 채 곳곳을 돌아다니며 복속시킨 정훈의 군세였다.

"아자젤."

정훈의 말이 끝나기 무섭게 지면에서부터 불쑥 솟아난 악마가 답했다.

"분부하실 것이라도?"

덥수룩한 수염과 짧은 한 쌍의 뿔을 지닌 남성. 그는 바로 지옥의 대공 중 하나인 아자젤이었다.

본래는 지천사의 신분이었으나 타락하여 악마가 되었으며, 지닌 힘은 악마의 최고위 직급인 제왕과도 비견될 정도로 강력한 존재였다.

본래는 안드라스 휘하의 2인자였으나 63권좌를 차지하기 위해 덤벼들었다가 패한 후 정훈의 군세로 복속된 상태였다.

"명령이다. 그리스 연합의 모든 생명체를 죽여 살육의 축제를 벌여라."

정훈이 내린 명령은 하나.

그리스 연합의 모든 생명체를 죽이는 것이었다. 그리고 그 순간 아자젤의 눈동자 속에서 희열이 번뜩였다.

"기꺼이 그리하겠습니다."

인간을 죽여 그 고통을 만끽하는 것.

그것만큼 악마에게 희열을 주는 행위는 없었다.

"끼끼끼, 인간을 죽여라!"

"얼마 만에 맛보는 인간의 피인가."

"축제의 시작이다!"

환희에 가득 찬 악마들이 뿔뿔이 흩어져 나아갔다.

"어림없다!"

흑풍대가 이를 가만히 지켜볼 턱이 없었다.

갑작스러운 상황 변화에 당황한 것도 잠시였다.

어차피 적들이 조금 늘어난 것에 지나지 않는다.

조금 더 넓게 진법을 형성해 악마들과 정훈을 가두었다.

하지만 악마들은 이에 아랑곳하지 않았다.

소름 끼치는 괴성을 지르며 정면으로 흑풍대와 충돌했다.

"크악!"

고통에 찬 비명이 울려 퍼졌다.

그것은 흑풍대의 대원들에게서 나온 것. 결과는 일방적이었다.

흑풍대의 힘이 막강하다곤 하나 어디까지나 그건 인간에 한해서다.

다양한 이능을 지닌 악마들을 상대로 인간을 막기 위한 진법을 운용한 것 자체가 어리석은 일이었다.

심장을 찔러도 멀쩡히 살아 있다.

몸을 양단해도 분리된 상반신과 하반신이 따로 놀며 공격했다.

지금껏 경험해 보지 못한 악마들의 전투 방식에 흑풍대는 급속도로 무너졌다.

"아하하, 즐겁구나, 즐거워!"

특히 아자젤을 비롯한 최고위급 악마들의 활약이 눈부셨다.

강력한 마기를 활용하는 그들의 공격은 어김없이 흑풍대를 죽음으로 이끌었다.

'여긴 신경 쓸 필요 없고.'

악마들의 전투를 지켜보던 정훈이 눈을 돌렸다.

흑풍대를 물리친 이들은 그리스 연합으로 나아가 피의 축제를 벌이게 될 것이다.

그들의 활약은 곧 주인인 정훈의 활약.

메인 시나리오의 활약도에 대해선 걱정할 필요가 없어진 셈이다.

'추가 보상을 받아야지.'

그의 예감이 말하고 있었다.

신마라 불린 사내. 그를 죽이면 뜻밖의 전리품을 획득할 수 있다고 말이다.

이제는 허술해져 버린 흑풍대의 진을 빠져나왔다.

지면을 박찬 그는 조금 전 신마가 향했던 곳을 향해 나아갔다.

Chapter 7

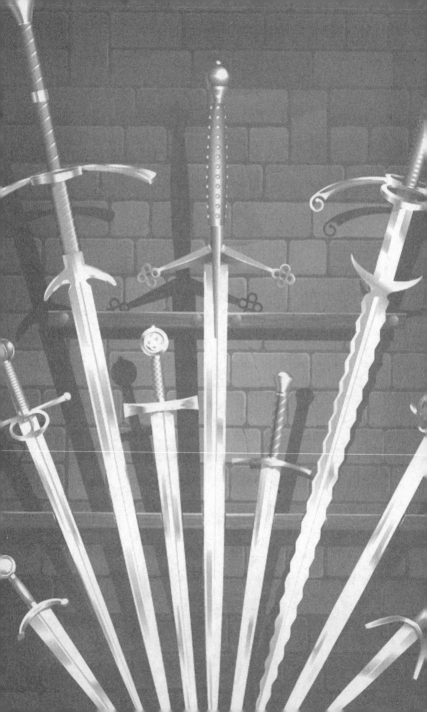

　강호. 그곳은 비정하고도 잔혹한 약육강식의 세계로, 약자는 철저히 도태되고 강자만이 살아갈 자격을 얻는다.

　어찌 보면 일신의 무력이 삶의 자격이라고도 볼 수 있는 것이다.

　그렇기에 강호를 살아가는 모든 무사들은 실력을 갈고닦는 것에 일생을 바친다.

　단련의 목적엔 살아남기 위한 것도 있으나 가장 근본적인 건 정점에 서는 것이었다.

　호승심 강한 무사들은 너 나 할 것 없이 1인자, 강호의 유일무이한 존재로 남길 원했다.

　하지만 강호가 생겨난 지 수만 년이 흐르는 동안 고금제일인은커녕 천하제일인 또한 탄생한 적이 없었다.

하늘은 유일한 존재를 원하는 않는다.

그것은 현 시대만 봐도 알 수 있는 부분이었다.

동천 백소환.

서황 사마소.

남주 단리강.

북존 독고양.

현재 이스턴을 지배하고 있는 사대 세력의 수장들 또한 서로를 견제만 할 뿐 유일한 절대자로 군림하진 못했다.

이 절대의 힘을 지닌 네 명의 고수들도 정점에 오르지 못했다.

그렇기에 강호는 누구 하나가 정점에 설 수 없는 구조라고 생각할 수밖에 없었다.

하지만 소수에게만 알려진 비밀이 있었다.

불과 10년 전, 강호는 유일한 절대자의 탄생을 맞이할 뻔했다.

당시 강호에 군림하고 있던 삼황오제三皇五帝는 약관의 사내의 도전을 받는다.

고작 신출내기의 도전을 받아들일 정도로 한가한 이들은 아니었으나, 당사자를 보는 순간 생각을 달리할 수밖에 없었다.

잔잔한 호수처럼 갈무리된 기운은 감히 그들이 측정하기 힘들 정도의 것이었다.

몇몇을 제외하면 적수가 없다고 자부하던 그들은 사내의 잠재력에 호승심을 느끼며 기꺼이 그 도전을 받아들였다.

그리고 여덟 명 모두 똑같이 패배의 쓴맛을 봐야만 했다.

그래도 명색이 당대를 주름잡던 절대자들.

하지만 그들은 사내의 일초지적도 되지 못했다.

'시시해.'

삼황오제를 무릎 꿇린 사내는 이 한마디를 남기곤 다시는 모습을 드러내지 않았다.

그것은 여덟 명의 고수도 마찬가지였다.

하늘 밖에 하늘이 있음을 실감한 그들은 뭔가에 홀리기라도 한 것처럼 사내를 따라 종적을 감췄다.

강호에 파장을 일으킬 만한 엄청난 사건이었지만, 삼황오제의 치부를 감추려 한 그들의 후손으로 인해 비사祕史로 남은 이야기다.

하지만 아무리 쉬쉬하려고 해도 비밀은 어딘가에서 새어 나가는 법이었다.

돌연 강호에 떠도는 전설 하나.

'신마. 용환의 주인인 그가 모습을 드러내는 순간, 강호는 유일한 절대자를 맞이하게 될 것이다.'

호위대인 흑풍대를 뒤로한 신마는 격전의 현장에서 조금 떨어진 곳에서 그 자리를 지키고 있었다.

마치 누군가를 기다리는 것과 같은 모습이었다.

까마득히 높은 창공을 바라보고 있던 그의 고개가 떨어지며 한곳으로 향했다.

어김없이 그곳엔 놀라운 속도로 달려오는 정훈이 있었다.

"날 기다린 건가?"

질문에 대한 답은 없었다.

다만 깊숙이 눌러쓴 삿갓을 벗어 보일 뿐이었다.

스륵.

얼굴을 가리고 있던 삿갓이 지면으로 떨어지고, 정훈의 동공이 크게 확대되었다.

'여자?'

대단한 고수이기에 당연히 남자일 거로 생각했다.

하지만 삿갓을 벗어 던지고 드러난 얼굴은 여성의 것이었다.

그것도 그냥 여자가 천하절색의 미모를 타고난 대단한 미녀였다.

티끌 하나 보이지 않는 투명하고 하얀 피부, 정성껏 붓으로 그려 넣은 것만 같은 눈썹과 볼은 복숭아의 그것처럼 살짝 핑크빛이 감돌았다.

조각을 한 듯 오뚝하게 솟은 코와 아담하고 붉은 색채가 감도는 입술.

무엇보다 별을 박아 넣은 것처럼 영롱하게 반짝이는 눈동자가 사람을 끌어들이는 마력을 지니고 있었다.

예쁘다는 말은 이 여자를 위해 태어난 단어가 아닐까.

그 미모는 여자란 동물에게 털끝만큼의 관심도 보이지 않았던 정훈도 내심 감탄할 정도였다.

하지만 그러한 감정도 순간에 불과했다.

어차피 이 세계에선 자신을 제외한 모두가 적. 외모란 그저 겉모습에 불과할 뿐이었다.

"갑자기 삿갓을 벗다니. 왜, 날 유혹이라도 할 생각인가?"

지금 상황에선 어처구니없지만, 그만큼 뛰어난 미모였다.

"넌 자격이 있으니까."

무심히 나온 신마의 음성은 지금까지완 달랐다.

은쟁반에 옥구슬이 구르는 것처럼 맑고 영롱하다.

그간은 정체를 감추기 위해 목소리를 변조하고 있었던 것이다.

"자격?"

"강자의 자격."

'이게 무슨 개소리야?'

그제야 정훈은 자신을 대할 때 느끼는 준형의 답답한 심정을 조금이나마 이해할 수 있었다.

앞뒤 맥락 없는 말의 뜻을 헤아리는 건 무척 어렵고 짜증나는 일이었다.

"뭐, 됐어. 한가로이 대화를 나누고 싶어서 온 건 아니니까."

"그건 나도 마찬가지."

여자와 남자, 심지어 출신 차원도 다른 둘의 말투는 묘하게 닮아 있었다.

물론 정작 당사자들은 그러한 생각을 하지 못하고 있었지만.

사적인 대화는 그것으로 끝이었다.

서로를 눈앞에 둔 두 사람의 몸 주위로 강렬한 기세가 뿜어져 나왔다.

고오오.

신마의 기운은 극의 끝에 이른 정훈과 비교해 봐도 결코 뒤처지지 않았다.

'괴물은 괴물이로군.'

지금껏 온갖 보상을 다 독차지해서 겨우 이 수준에 닿을 수 있었다.

그런데 상대 또한 비슷한 경지다.

아무리 힘을 다루는 게 탁월한 이스턴 출신이라 해도 능력치가 수치화된 이 세계에서 기운을 속이는 건 불가능한 일이다.

그 말인즉 똑같은 기세를 내뿜을 수 있다는 건 능력치가 똑같다는 것을 의미하는 것.

신마 또한 4막까지 오면서 모든 보상을 독차지한 것이 틀림없었다.

"핫!"

짧은 기합성과 함께 정권 지르기를 시도했다.

그냥 제자리에 선 채 이뤄진 동작이었다.

하지만 그 순간 정훈은 느낄 수 있었다.

'미친!'

그조차 짐작하기 어려운 미증유의 힘이 다가오고 있었다.

단 한 번도 겪어 본 적 없는 무형無形의 것.

위험을 알리는 감에 의존하며 재빨리 몸을 틀었다.

팟!

"큭!"

옆구리에서 피어나는 강렬한 통증에 이를 악물었다.

제대로 맞은 것도 아닌, 고작 스치는 것에 불과한 일격인데도 느껴지는 강도가 장난이 아니었다.

정통으로 맞았다간 아무리 정훈이라 해도 생사를 장담할 수 없을 정도였다.

'이건 위험해!'

오직 감에 의존해야 피할 수 있는 의문의 공격.

확실히 상쇄시킬 수 있는 방법이 없다고 판단한 정훈이 재빨리 움직였다.

"최후의 싸움이 도래했으니 발키리, 나의 전사들아 소환에 응해라."

아킬레우스를 죽음으로 이끌었던 발할라.

이 사기적인 권능을 발휘하자 이내 수천의 발키리가 나타나 신마의 주변을 포위했다.

전투를 빨리 끝내겠다는 정훈의 의지가 반영된 것이었다.

"말살해라!"

시간을 끌 이유가 없다.

발키리가 든 정훈의 무구. 일전보다 더욱 많아진 무구의 격이 동시에 터져 나오며 신마를 덮쳤다.

"과연!"

대기를 찢어발기는 권능 앞에서 신마는 감탄성을 내뱉었다.

이내 그녀의 신형이 어지러이 움직이기 시작했다.

그리고 믿지 못할 광경이 눈앞에서 펼쳐졌다.

마치 유령이라도 된 듯 모든 공격이 신마의 육신을 스치고 지나갔다.

누군가 그 광경을 봤다면 발키리들이 일부러 그녀를 피해 공격한 게 아닐까 의심할 수도 있을 정도였다.

기적이 아니다.

아무렇게나 내딛는 발걸음은 사실 일정한 법칙에 의해 움직이고 있었다.

이는 이스턴 무사들의 특징 중 하나인 보법步法이었다.

일정한 발걸음과 함께 기를 조절하여 전혀 예상치 못한 현상을 불러오는 스킬의 일종이다.

지금껏 수많은 보법을 봐 왔던 정훈도 신마가 펼치는 것만큼 신묘한 위력의 것은 경험해 본 적이 없었다.

'어떻게 저게 가능한 거지?'

보고서도 믿기지 않았다.

무려 수천의 발키리가 동시에 발휘한 격이다.

이 공격에 틈이란 게 존재하지 않을 것인데 어떻게 피할 수 있단 말인가.

상식을 파괴하는 신마의 보법에 넋이 나갈 수밖에 없었다.

"설마 이게 다는 아니지?"

무차별적으로 쏟아진 발키리의 격을 모두 회피한 신마가 옅게 미소 지었다.

순간 꽃이 만개한 착각이 일 정도로 화사한 미소였으나, 정훈에겐 악마의 사악한 웃음으로밖에 보이지 않았다.

'이곳에 오고 처음인가? 이런 굴욕을 맛보는 게.'

상대는 여유를 부리고 있었다.

조금 쓸쓸하긴 하지만 그게 그렇게 분하진 않았다.

오히려 감사했다.

지금껏 겪어 보지 못한 상대의 기상천외한 능력은 정훈으로서도 예측하기 힘들었다.

만약 처음부터 전력을 다했다면 제대로 힘도 써 보지 못한 채 쓰러졌을 것이 분명했다.

하지만 여유를 부려 주는 덕분에 정신을 차릴 수 있었다.

"당연히 끝은 아니지."

미소에 미소로 답했다.

허세는 아니다. 아직 정훈은 자신의 진정한 저력을 발휘하지 않았다.

만일의 사태를 대비하기 위해 조금은 여지를 남겨 두려 했으나 예상보다 상대가 더 강력했다.

지금 남김없이 쏟아붓지 않는다면 여기가 바로 그의 무덤이 될 터였다.

오딘의 무장에서 토르의 무장으로 바꿨다.

다만 기존 토르의 상징인 바이킹 뿔 투구가 아닌, 검은 광택의 철가면이 달랐다.

검은 광택의 투구는 태고급의 무구이자 솔로몬 왕의 신기 중 하나인 지혜의 가면이었다.

안드라스를 쓰러뜨리고 얻은 전리품 중 하나로 이 솔로몬의 신기는 72마신을 처치할 경우 낮은 확률로 얻을 수 있었다.

권좌의 순위가 낮으면 낮을수록 그 확률 또한 더욱 떨어지게 되는데 63권좌의 안드라스를 처치하고 지혜의 가면을 얻은 건 운이 좋았다고 할 수밖에 없다.

"나의 신하 72마신은 계약을 이행하라!"

현재 정훈이 가진 솔로몬의 반지, 그리고 지혜의 가면은 '마신의 주인'이라는 세트로 묶여 있었다.

고작 2개에 불과하지만, 무려 태고급의 세트 무구.

2개를 갖추는 것만으로 강력한 세트 효과를 발휘한다.

72마신을 봉인한 솔로몬은 그들의 권능 중 일부를 자신의 능력처럼 사용할 수 있다.

현재 정훈이 발휘한 권능이 바로 그것이었다.

마신의 계약은 72마신 중 무작위의 대상 중 하나의 권능을 훔쳐 오는 것.

물론 원하는 대상을 선택할 순 없다. 72마신 중 무작위의 대상, 그리고 무작위의 권능이 선택된다.

－2권좌의 마신 아가레스가 왕의 요청에 응함.

－아가레스의 권능 '지진' 부여.

어느 누구의 권능이라도 상관없다고 생각했지만, 뜻밖에도 최상위의 권좌인 아가레스가 응했다.

그것도 그의 가장 강력한 권능 중 하나인 지진이 부여되었다.

그의 뇌리로 아가레스의 권능에 관한 정보가 각인되었다.

이제 그는 이 권능을 본래 자신의 것이었던 것처럼 능숙하게 펼칠 수 있게 된 것이다.

쿠웅!

곧바로 발을 굴렀다.

그저 지면에 대고 발을 굴렀을 뿐이다.

하지만 그 순간 일어난 변화는 그저 발을 구른 것으론 생각할 수 없는 것이었다.

이곳은 바다가 아닌 육지다. 그런데 딱딱한 돌과 굳어진 흙으로 이루어진 지면이 마치 파도처럼 넘실대기 시작하는 것이었다.

파도처럼 움직이는 지면이라니.

이 갑작스러운 변화에 여유롭기만 하던 신마의 얼굴이 굳었다.

"그 잘난 보법은 이제 끝이야."

보법이란 게 완벽해 보여도 은근히 환경적인 요인에 영향을 많이 받는다.

일정한 보폭이 관건인데, 이렇게 지면이 요동치는 곳이라면 제대로 운용하기가 힘들 수밖에 없었다.

정훈이 노린 게 바로 이점이었다.

운신이 힘들면 보법의 신묘함이 반으로 줄어든다.

특히 지금처럼 마구잡이로 요동치는 상황이라면 제대로 보법을 발휘할 수조차 없었다.

"내 몸속에 번개의 기운이 흐른다."

토르의 무장에 깃든 권능, 화신化身을 발동했다.

파지지직.

정훈의 날갯죽지 부근으로 요란하게 튀던 스파크가 이내 하나의 형상을 만들었다.

그것은 바이킹 전사를 연상시키는 거인의 상반신, 바로 토르의 환영이었다.

무장에 깃든 토르의 기억을 형상화시켜 그의 힘 일부를 사용자에게 전이시킨다.

화신을 발동한 순간부터 정훈의 근력과 강인함은 1단계 격상, 탈의 경지에 접어들 수 있었다.

보관함에서 꺼낸 몰니르를 손에 쥔 채 신마에게 쇄도했다.

발끝에 신경을 집중시키며 요동치는 지면에 적응하려던 그녀는 자신을 향한 정훈의 움직임을 파악하고 있었다.

다시 한 번 무형의 권을 펼치려 했다.

하지만 그보다 정훈이 더 빨랐다.

"요동쳐라!"

아가레스의 권능은 언제 어디서든 원하는 곳에 지진을 일으킬 수 있는 것.

정훈의 마력이 빠져나감과 동시에 신마 주변의 지면이 폭삭 주저앉았다.

그로 인해 그녀의 자세가 무너졌고, 순간의 틈은 치명적이었다.

후웅.

어떠한 방해도 없이 접근하는 데 성공한 몰니르가 그녀의 정수리를 향해 떨어졌다.

결국 완전히 자세가 무너졌다.

입술을 꽉 깨문 그녀의 품에서부터 유연한 궤적이 그려졌다.

카카칵.

손끝에 느껴지는 저항감에 인상을 찌푸렸다.

망치를 휘감고 있는 건 연검軟劍이었다.

이스턴 무사들이 종종 사용하는 무기 중 하나로 마치 얇은 비단과 같이 자유자재로 휘어지는 게 특징이었다.

"설마 추혼追魂을 꺼내게 될 줄은 몰랐는데."

연검의 이름은 추혼. 그녀가 자랑하는 애검이었다.

"맨손이 가당키나 하냐?"

중얼거리는 그녀의 말에 콧방귀를 뀌었다.

"흐읍!"

그러곤 묠니르에 어마어마한 번개의 기운을 불어 넣었다. 그러자 세상이 파랗게 변할 정도로 어마어마한 전류가 묠니르에서 방출되었다.

파즈즈.

그 전류는 묠니르에서 연검으로 전이되었다.

가만히 내버려 뒀다간 연검을 쥐고 있는 신마는 전기통구이가 될 터였다.

"칫!"

상황 판단은 빨랐다.

그녀가 손목을 움직여 묠니르를 감싸고 있던 연검을 풀어 냈다.

채 연검으로 옮겨 가지 못한 전류가 지면을 타고 주변을 새까맣게 물들였다.

그 영향권에서 물러난 신마는 특이한 기수식과 함께 연검을 휘둘렀다.

챠라락-.

보통의 검과는 궤적부터가 달랐다.

마치 리듬체조 선수가 리본을 다루듯이 현란한 궤적을 그린 것이다.

'이 사기캐 녀석들!'

눈이 어지럽다.

순발력이 극에 달한 그의 시야도 궤적의 동선을 파악하지 못할 정도였다.

지금껏 많은 검식을 경험해 온 정훈도 이토록 화려하고 정교한 것은 처음이었다.

과연 이스턴의 무사, 그것도 최상위의 고수가 지닌 검식의 정교함은 차원을 달리했다.

'당할쏘냐!'

파악하기 힘든 검식이라도 포기하는 일은 없었다.

안구에 마력을 집중하자 세계의 시간과 그의 시간이 어긋나기 시작했다.

처음에는 아주 미약한 정도였다.

0.0001초 정도의 차이를 만들어 냈으나 더욱 많은 마력을 흘려보내자 그 시간의 차이는 0.5초로 늘어났다.

지혜의 가면에 깃든 권능인 '어긋난 시간'을 발휘한 것이었다.

10미터 반경 내의 시간을 뒤틀어, 빠르거나 느리게 흘러가도록 할 수 있다.

물론 그 영향을 받는 건 권능을 발휘한 본인뿐.

현재 정훈은 시간을 느리게 흘러가도록 했고, 1초도 되지 않는 이 짧은 시간은 그와 같은 강자에게 매우 큰 차이를 만들어 냈다.

파파팟.

궤적을 파악한 그의 손이 현란하게 움직이며 연검의 진로를 가로막았다.

"그걸 막아?"

피하는 것도 아닌 상쇄를 시켰다는 사실에 신마는 놀라야만 했다.

그녀의 독문무공인 추혼검식.

연검을 이용한 화려한 검식은 이스턴에서 나름 한가락 하는 고수들도 풀지 못한 불해不解의 무공이었다.

그렇기에 대부분이 맞서는 것을 포기한 채 회피하는 것을 선택하는데, 단순히 피하기만 한다면 계속해서 이어지는 연환 공격에 목숨을 잃게 된다. 이를 파훼하기 위해선 오직 움직임을 예측하고 상쇄를 해야만 하는 것.

물론 이렇게 자세한 사정까지는 몰랐지만, 본능적으로 파훼법을 감지한 정훈의 기지가 빛나는 순간이었다.

검식을 파훼한 정훈이 신마를 근접거리에 두었다. 이번에는 그의 차례였다.

"내리쳐라, 마구 내리쳐라!"

하늘에 먹구름이 드리우더니 신마를 향한 번개 다발이 내리꽂히기 시작했다.

쉴 새 없이 번쩍이는 번개를 피해 그녀의 신형이 이리저리 어지럽게 움직였다.

"요동쳐라!"

구구구궁.

지진의 권능이 발동하자, 그녀가 밟은 지면이 좌우로 요동치거나 무너져 내리며 운신을 힘들게 방해했다.

하늘에서는 번개가, 땅은 지진으로 요동쳤다.

그것도 마구잡이식이 아닌 마력을 조절한 정훈이 그녀의 움직임을 유도하고 있었다.

'여기!'

마치 쥐를 궁지에 몰아넣듯 몰이한 정훈은 결정적인 순간을 포착할 수 있었다.

"망치 나가신다!"

모든 무구의 권능이 담긴 묠니르가 불을 뿜었다.

그런데 날아간 방향이 의외였다.

아무것도 없는 빈 공간을 향해 간 것이다.

"이익!"

그곳은 빈 공간이 아니었다.

번개와 지진에 내몰린 신마가 마침 그곳에 발을 밟고 있었다.

그녀가 올 것을 예상하고 있었던 정훈의 예지에 가까운 공격이었다.

완벽하게 설계한 함정에 걸려들었다.

이미 피할 수 없는 상황.

갈등으로 흔들리던 그녀의 눈동자가 번뜩였다.

촤라락.

머리 위까지 연검을 들어 올려 빙글빙글 돌렸다.

그러자 길게 늘어난 검신이 그녀의 몸 주변을 공처럼 감쌌다.

아주 짧은 순간 빈틈없이 그녀를 감싼 연검은 마치 금속으로 만든 알의 형상처럼 변했다.

콰앙!

그곳에 묠니르가 충돌했다.

보통의 재질로 만든 게 아닌 듯 정훈의 거력을 너끈히 견뎌 냈다.

콰콰콰콰콰쾅!

하지만 토르의 무장이 지닌 특징은 다양한 무구의 격을 일격에 담아 낼 수 있다는 점이었다.

추가 공격을 부여하는 전설급 액세서리 드라우프니르의 능력이 발동, 이번에는 여섯 번의 추가 공격이 강타했다.

콰드득.

결국 그 힘을 버티지 못한 알이 무너져 내리고 여전히 힘을 잃지 않은 묠니르가 틈을 비집고 들어갔다.

신마는 무적을 자랑하던 방어검식이 깨어지리라곤 예상하지 못한 바였다.

"하앗!"

퇴로는 없다.

그녀는 자신이 지닌 모든 기운을 끌어 올림과 동시에 그것을 주먹에 담아 내질렀다.

갑작스럽게 이루어진 탓에 자세도, 제대로 기운을 끌어 올리지 못한 무형의 권.

하지만 위력은 무시무시했다.

따앙!

방어검식을 뚫기 위해 처음의 기세를 많이 잃어버린 묠니르가 멀리 튕겨져 날아갔다.

"쿨럭!"

물론 그녀라고 해서 무사할 순 없었다.

주먹을 통해 전해진 묠니르의 힘이 내부를 진탕시켰다.

마치 오장육부가 뒤틀리는 고통에 한 움큼의 선혈을 뱉어 내야만 했다.

내상을 입은 상대를 가만히 내버려 둘 정훈이 아니다.

의지를 일으켜 날아가는 묠니르를 자신의 손으로 돌아오게끔했다.

손아귀에 느껴지는 묵직한 감각을 느낌과 동시에 왼손가락 약지에 낀 순간이동의 반지를 한 바퀴 돌렸다.

슈슉.

공간을 넘은 그는 신마를 눈앞에 둘 수 있었다.

한 번 목숨을 구명해 주는 순간이동의 반지는 지금처럼 결정적인 순간을 포착해 공격용으로도 이용 가능했다.

아무리 내상을 입었다지만, 조금의 틈도 용납하지 않겠다는 의지였다.

"끝이다!"

순간이동 반지를 이용한 예상치 못한 움직임.

내상으로 인해 운신할 수조차 없는 상대.

승리의 모든 조건이 확실하게 갖춰졌다.

비로소 미소를 지은 그의 묠니르가 신마의 정수리를 부술 듯 쇄도했다.

"노옴!"

귓가를 멍멍하게 만드는 외침은 승리의 미소를 짓고 있던 정훈이 인상을 찌푸리게 한 원인이었다.

사실은 조금 전부터 알고 있었다.

주변을 넓게 포위하고 있던 군세 중 일부가 빠른 속도로 소멸하고 있다는 것을, 누군가 자신과 신마의 전투에 끼어들기 위해 접근하려 한다는 사실을 말이다.

기척을 느끼는 즉시 승부를 서둘렀다.

신마 하나도 벅찬 마당에 최고위급 악마들을 무처럼 썰어 넘기는 존재가 끼어든다면 승부를 장담할 수 없기 때문이다.

마침내 고지를 눈앞에 둔 상황. 정훈은 지닌 모든 힘을 묠니르에 쏟아부었다.

맹렬한 속도로 짓쳐 드는 망치는 신마의 머리를 금방이라도 부술 듯했다.

카캉!

그러나 기대했던 둔탁한 소리가 아니었다.

손아귀에 찌르르 울리는 충격에 인상을 찌푸리며 방해꾼을 바라보았다.

"감히 아가씨를……!"

노한 음성을 터뜨린 이는 백발이 성성한 노인이었다.

그런데 우리가 일반적으로 생각하는 노인과는 조금 달랐다.

주름이 지지도, 그렇다고 세월의 무게로 등이 굽지도 않았다.

백발과 혜안이 어린 눈동자를 제외하면 30~40대의 중년인이라 해도 믿을 정도였다.

'미치겠네, 정말.'

분노한 노인에게서 뿜어지는 기세가 보통이 아니었다. 솔직히 말해 신마보다 더하면 더했지, 못하진 않다.

스스슥.

몰니르를 막은 노인의 창이 뱀처럼 휘어져 들어왔다.

그야말로 극쾌였다.

섬전과도 같은 일격은 가벼이 생각할 수 있는 게 아니었다. 어긋난 시간을 발휘해야 겨우 궤적이 보일 정도였다.

그극.

심지어 다 피하지도 못했다.

내구성이 뛰어나기로 유명한 토르의 갑옷 한쪽이 찢겨져 나갔다.

속도뿐만 아니라 일격에 깃든 위력 또한 가볍지 않다는 것을 증명하는 것이었다.

창의 사정거리 밖, 먼 곳까지 물러난 정훈은 등줄기로 식은땀이 흘러내리는 것을 느낄 수 있었다.

상대도 상대지만 자신의 상황이 좋지 않았다.

신마를 상대하느라 대다수 무구의 격을 사용한 것은 물론, 그 대가로 마력이 바닥을 보이고 있었던 것이다.

정상적인 상태에서도 힘든 상대일진대 지금이라면…….

'무조건 진다.'

승부는 보나 마나다.

전력의 차이를 인식하지 못할 정도로 어리석진 않다. 그렇
다고 객기를 부리는 바보도 아니다.

재빨리 돌아가는 상황을 판단한 그는 통과 명령서를 손에
쥐었다.

3막에서 사용할 뻔했던 전설 등급의 통과 명령서.

이것을 찢는 순간 4막을 통과해 5막으로 넘어가게 될 것
이다.

단점이라면 지금까지 이뤄 놓은 모든 활약도가 백지화된
다는 사실.

그간 공을 들인 게 아깝긴 하지만, 목숨보다 중한 것이 있
을 턱이 없지 않은가.

재차 노인의 공격이 이어지려는 그 순간에 정훈 또한 명령
서를 찢으려 했다.

"자, 잠깐만 기다려요!"

다급한 음성의 주인공은 신마였다.

노인의 앞을 막은 그녀는 금방이라도 울 것 같은 그렁그렁
한 눈으로 정훈을 응시하고 있었다.

망설임 없이 명령서를 찢으려던 정훈은 그 기세에 멈칫
했다.

신마의 만류 때문이 아니었다.

종종 발휘되곤 하는 감이 그의 행동을 제지하고 있었다.

명령서를 찢으려는 손길 그대로 멈춘 그는 마주 응시하는

것으로 대답을 대신했다.

"아가씨, 어찌 만류하시는 겁니까? 저자는 아가씨께……."

"황 할아버지, 지금의 처지를 잘 아시잖아요. 우리는 도움이 필요해요."

그녀의 말에 노인이 눈을 동그랗게 떴다.

"그, 그럼 이자를……?"

"네. 결정했어요. 제 맹세를 잊으신 건 아니죠?"

"허어, 어찌 그런!"

전혀 영문 모를 대화를 나누던 두 사람은 한참이나 옥신각신하는 모습을 보였다.

눈앞의 정훈은 전혀 아랑곳하지 않는 듯했다.

'도대체 뭘 하자는 건지. 그냥 이대로 가 버릴까?'

조금 전까지만 해도 생사의 결투를 나누던 적을 앞에 두고 뭐 하는 짓거리란 말인가.

어처구니없기도 하면서 자존심도 상했다.

이대로 명령서를 찢고 싶은 마음이 간절했으나 그렇게 되면 계획에 큰 차질이 생긴다.

아직 4막에서 해야 할 것, 얻어야 할 것이 산처럼 쌓여 있었다.

가장 좋은 건 이대로 위기를 넘기고, 계획했던 대로 일을 진행하는 것이다.

그 마지막 희망의 끈을 놓지 못해 그들의 이해 못 할 행동을 지켜봐야만 했다.

"죄송해요. 하지만 이번만은 제 뜻을 따라 주셔야만 해요."

"알겠습니다. 아가씨의 뜻이 그러하다면 어쩔 수 없지요."

강경한 신마의 태도에 결국 노인이 한발 물러섰다.

극적 타협을 이끌어 낸 두 사람의 시선이 정훈에게 향했다.

정훈은 언제든 명령서를 찢기 위해 어정쩡한 자세로 그들의 시선을 받았다.

"더는 싸울 일 없을 테니 명령서를 찢을 필요 없어요."

놀랍게도 그녀는 통과 명령서의 정체를 알고 있었다.

이 귀하디귀한 아이템의 정체를 알고 있다는 것, 그것만으로도 그녀가 얼마나 많은 보상을 독식했는지 알 수 있었다.

'말투가 바뀌었네?'

정훈과 같이 무심하게 일관하던 그녀의 말투가 존대로, 게다가 나긋하게 바뀌어 있었던 것.

뭔가 제멋대로다.

하지만 지금 그녀의 말투가 어떻게 바뀌었든 그게 중요한 건 아니었다.

"그건 내가 판단하는 거고. 용건이나 말해. 내가 명령서를 찢을지 안 찢을지는 그 용건에 따라 달라질 테니까."

여전히 의심을 거두지 않은 정훈은 경계를 늦추지 않았다.

"후우."

뭔가 힘든 말을 꺼내려는지 한차례 숨을 내쉰 그녀가 결의를 다졌다.

마침내 우물거리던 입술 사이로 내뱉은 말.

"저와 혼인해 주세요."

"뭐, 뭐뭐뭐? 뭐라고?"

막간의 대화를 통해 예상하고 있던 건 동맹을 맺거나 휘하로 들어오라는 제안이었다.

그런데 혼인이라니.

전혀 예상치 못한 말에 천하의 정훈도 말을 더듬을 수밖에 없었다.

"아가씨는 자신과 1:1로 대결해 승리한 사람과 혼인하겠다고 맹세를 하셨다. 그리고 네놈이 아가씨와의 대결에서 승리했지."

여전히 분노로 이글거리는 시선의 노인.

하지만 그의 추가 설명에도 이해할 수 없는 건 매한가지였다.

"고작 맹세? 그딴 이유로 처음 보는 사람과 혼인을 하겠다고?"

"허어, 고작 맹세라니. 사람이란 응당 한번 내뱉은 말을 어기지 않아야 하는 법이거늘."

'아차!'

그제야 이스턴의 멍청이들에 대한 신념을 떠올렸다.

모든 차원은 각자의 독특한 문화를 지니고 있다.

그것은 무력이 곧 삶인 이스턴 또한 마찬가지였다.

평생을 수련에 매진하는 그들은 신념이나 약속을 목숨보다 중요시 여긴다.

한번 내뱉은 말을 지키기 위해서 목숨을 버리는 일 또한 서슴지 않는 것이다.

목숨도 버리는데 그깟 혼인이 뭐가 대수겠는가.

"싫어."

하지만 정훈은 단호하게 거절했다.

천하절색의 미녀, 게다가 본인과 막상막하의 무력을 지니고 있는 존재라곤 하나…….

'내가 통제할 수 없는 힘만큼 위험한 건 없지.'

신마 하나를 통제하는 것도 힘든데 거기에 노인까지 덤으로 딸려 온다.

두 사람이 언제 다른 마음을 품을지 알 수 없다. 아니, 애초에 혼인을 하려는 목적 또한 불분명했다.

그들이 말한 약속을 지키기 위함일 수도 있지만, 그 속내를 어찌 짐작할 수 있단 말인가.

원하지 않는 혹을 붙이고 싶은 마음은 추호도 없었다.

"혼인은 됐고. 그냥 여기서 서로 갈 길 가면 안 될까? 나는 그것만 들어주면 좋겠는데."

정훈은 지금 가장 자신이 바라는 점을 말했다.

"감히 네놈이 아가씨를 거부한단 말이냐!"

예상했던 노인의 분노가 터져 나왔다.

신마 또한 거절을 당한 것에 대해 민망한 마음이 있었던지 얼굴이 조금은 상기되었다.

"거부하는 게 아니고. 초면에, 그것도 조금 전까지 신나게 싸워 대던 사람과 혼인이라니. 그게 말이나 된다고 생각해?"

"못할 건 또 무엇이라 말이냐. 서로의 뜻이 맞다면 하룻밤에도 만리장성을 쌓는 게 남녀의 정이 아니더냐."

그 말에 신마 또한 고개를 끄덕였다.

'미친, 그건 너네 생각이고.'

서로의 출신 차원이 다른 만큼 생각하는 관습의 괴리가 크다. 서로 다른 방향을 보고 있는데 이를 설득하는 것만큼 어리석은 일은 없을 것이다.

"미안하지만 내가 있던 차원은 그렇게 남녀가 혼인하는 경우는 없어서 말이야. 솔직하게 말해 서로 생각하는 게 너무도 다른데 쓸데없는 걸로 시간을 허비하지 말지? 그러니까 이것만 결정해 줘, 이대로 아무 일 없던 것처럼 서로 찢어지든가, 아니면 당장 공격해. 그럼 난 명령서를 사용해 너희 눈앞에서 사라져 줄 테니까."

결국, 최후통첩을 날리는 수밖에 없었다.

그간의 활약도나 얻어야 할 보상 등이 아깝긴 했지만, 어쩔 수 없다.

선택은 자신이 아닌 신마와 황 할아버지라 불린 노인의 몫이었기 때문이다.

"아가씨를 거부한다면 내 당장 네 녀석을……."

"좋아요."

분개하던 노인의 말을 끊어 먹은 신마가 대답했다.

"아가씨!"

노인의 시선에도 아랑곳하지 않은 채 그녀의 시선은 오직 정훈을 향해 있었다.

"좋다고? 그럼 날 보내 주겠다는 거지?"

"네. 그렇게 할게요. 대신 조건이 있어요."

'그래, 그럼 그렇지.'

조건부라는 것은 대충 예상하고 있던 바였다.

"들어나 보자. 조건이 뭔데?"

어느 정도의 손해를 감수하고서라도 조건을 들어줄 용의는 있었다. 물론 되도 않는 조건이라면 당장 명령서를 찢겠지만.

"이걸 가져가세요."

손가락에 끼고 있던 반지를 뺀 그녀가 그것을 정훈에게 던졌다.

날아오는 그것을 낚아챘다. 손을 펼쳐 보인 건 놀랍도록 정교하게 새겨진 용 문양의 반지였다.

"이건……!"

웬만한 일엔 감정의 동요조차 보이지 않는 무심함의 대명

사, 정훈.

이계에 도착한 이후 이토록 놀란 반응은 결단코 없었다.

그럴 수밖에 없는 게 용 문양의 반지를 쥐는 순간 머릿속에 각인된 한 가지 정보 때문이었다.

용환龍環 – 흑룡黑龍

등급 : 태초
설명 : 10개로 이루어진 용환 중 10번째 반지. 10개의 반지가 모두 모이는 순간 진정한 용환의 힘이 개방된다. 현재는 상징의 의미만 있을 뿐, 아무런 능력을 발휘할 수 없다.

무려 태초급의 반지였다.

물론 10개 세트가 모두 모이지 않는 이상 아무런 능력도 발휘할 수 없으나 그건 아무런 상관이 없었다.

이 세계에도 몇 존재하지 않는 태초급의 무구에 대한 단서를 얻은 것이기 때문이다.

"이걸 왜……?"

의문이 뒤따르는 건 당연한 일이었다.

혼인이야 약속 때문에 그렇다 치고, 갑자기 태초급 무구의 단서를 던져 주다니. 도대체 무슨 생각을 가지고 있는 것인지 예측하는 게 불가능했다.

"어차피 저와 혼인할 이에게 전해져야 할 것이었어요. 비록 당신이 거절해 혼인이 이루어지진 않았지만, 그것을 가질 자격은 충분해요."

"고작 그런 이유로 이걸?"

여전히 의심을 지우지 않았다.

상식적으로 도무지 이해할 수 없는 상황이었기 때문이다.

"보물은 화를 부르는 법. 용환은 소녀가 감당할 수 있는 물건이 아니었어요. 왜 제가 이런 말을 하는지, 반지를 껴 보면 알 수 있을 거예요."

단편적인 정보만을 던진다.

정훈은 그녀에게서 더 이상의 정보를 얻을 수 없다는 것을 깨달았다.

하지만 고민은 그리 길지 않았다.

'태초급이라면 목숨을 걸 만한 보물이다.'

능히 세계를 파괴할 만한 힘을 지닐 수 있는 게 태초급이다.

그것을 가질 수 있다면 목숨을 걸어도 아깝지 않다.

호의인지 적의인지 알 수 없으나, 이런 기회를 놓칠 턱이 없다.

정훈은 곧장 반지를 착용했다.

-용환 : 흑룡의 주인 자격 획득.

-신마의 유산, 용의 전쟁에 참여.

알림으로 얻을 수 있는 정보는 무척 단편적이었지만 머릿

속에 각인되는 건 실로 방대했다.

　그중 가장 중요한 건 자신이 신마의 진정한 후계자를 가리기 위한, 그리고 그가 남긴 유산을 얻기 위한 전쟁에 참여했다는 것이다.

　현재 정훈이 착용한 흑룡을 비롯해 제작된 용환은 10개.

　그 주인은 최초의 신마가 직접 거두어들인 10명의 제자들이었다.

　물론 눈앞에 있는 여인, 설화雪花 또한 신마의 직계 제자 중 한 명으로 열 번째인 막내의 위치였다.

　'일단은 내 사람으로 만들자.'

　처음 본 이, 그것도 조금 전까진 생사의 전투를 펼쳤던 적에게 용환을 건네준 이유는 어떤 식으로든 포섭하기 위함이었다.

　사실 그녀는 지금 하루하루 목숨을 위협받고 있었다.

　10명의 제자 중 실력은 물론 세력 또한 제대로 갖춰지지 않은 탓에 혹 다른 사형이나 사매를 만났다간 목숨을 잃을 수밖에 없는 상황인 것이다.

　지금까진 운이 좋은 덕에 살아남을 수 있었지만, 당장 다음 시나리오에서 다른 제자들을 만날 수도 있다.

　그전에 어떻게든 세력을 구축해 맞서야만 했는데, 그런 면에서 정훈은 가장 알맞은 먹이였다.

　그녀가 공들여 키운 흑풍대를 가볍게 압도하는 휘하의 군단과 일신의 무력, 모든 게 나무랄 데가 없었다.

마음이 급했던 그녀는 어떻게든 그를 붙잡기 위해 혼인이라는 미끼를 던졌다.

이스턴 내에서도 다섯 손가락에 꼽힐 정도의 미모를 지닌 그녀였다.

무릇 사내라면 당연히 넘어올 거라 생각했지만, 결과는 대실패였다.

미녀를 마다하는 사내라니.

내심 적잖이 당황했으나 그녀도 온갖 권모술수가 난무하는 세계를 거쳐 온 여자였다.

마음을 추스른 후 태연하게 다음 미끼를 던졌다.

그게 바로 용환이었다.

이계로 넘어오면서 이 물건이 어떠한 가치를 지니게 됐는지 파악한 그녀는 위험한 모험을 감행한 것이었다.

'전쟁에 참여한 이상 정보와 세력이 필요해. 내 손을 거절하진 못할걸.'

조금 전이라면 모를까, 지금 상황에선 자신이 내민 손을 거절할 이유가 없다.

이제부터 안달 나는 건 바로 상대일 테니 말이다.

혹 딴마음을 품고 도망가는 일이 있더라도 크게 상관은 없다.

4막에서 만난 이상 5막도 같이 묶이게 될 터. 그때 죗값을 치르게 하면 그만이니까.

물론 그럴 가능성은 낮다.

바보가 아닌 이상에야 상대도 자신을 이용해 먹으려고 할 테고 그때부터 수 싸움이 시작되는 것이다.

어느 쪽이든 유리한 건 그녀였다.

그녀에겐 아직 숨겨 둔 비장의 수와 함께 황 할아버지라는 든든한 조력자가 있기 때문이다.

'그리고 적당히 이용했다 싶으면…….'

뒷말을 굳이 생각할 필욘 없었다.

외면이 아름답다고 해서 내면까지 아름다운 건 아니다.

생긴 것과 다르게 그녀는 매우 위험한 여자였다.

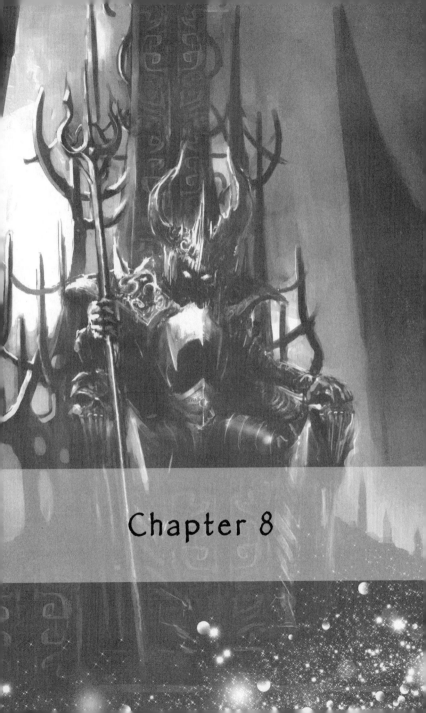

Chapter 8

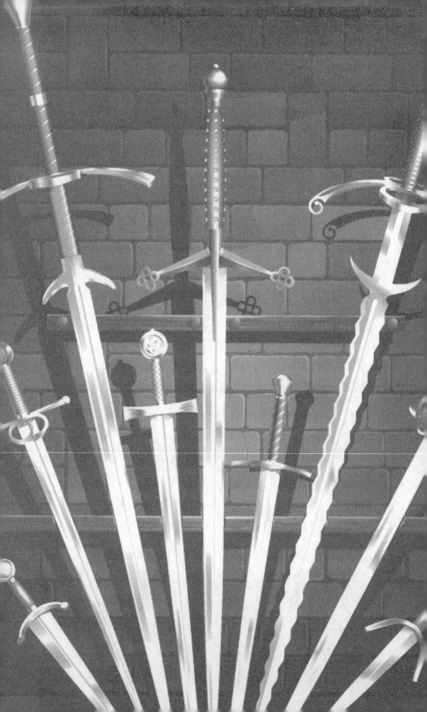

'하, 이년이 어디서 수작질을.'

물론 정훈은 이러한 설화의 의도를 정확히 파악하고 있었다.

사실 허술하기 그지없다.

조급한 사정으로 인해 모 아니면 도식의 무리한 모험을 감행하는 게 뻔히 보였다.

그 모든 건 자신감의 발로였다.

자신의 행동 여하에 관계없이 손해를 보지 않을 자신.

그 이면에는 무력의 우위라는 절대적인 지표가 있었다.

스스로 생각하기에도 그렇다.

설화 혼자라면 모를까 옆의 노인마저 가세한다면 정상적

인 방법으론 이길 수는 없을 테니까.

'지금은 그렇겠지.'

이도저도 할 수 없는 궁지에 몰린 셈이었으나 여전히 그는 태연했다.

보이지 않을 것만 같던 암흑 속에 비치는 한 줄기 빛을 발견한 것이었다.

"그러니까 지킬 수 없는 보물을 가지고 있느니 능력 있는 내게 넘기겠다?"

정훈의 그 말에 설화의 눈이 번뜩였다.

"네, 그런 셈이죠."

"그거 이상한데. 능력은 나보다 너희가 더 있는 것 같은데."

정훈의 눈이 설화와 황 할아버지라 불린 노인을 번갈아 응시했다.

"물론 황 할아버지와 제가 힘을 합치면 당신을 이길 순 있어요. 하지만 그래선 안 돼요. 우리는 힘을 합쳐야만 해요. 복수를 이루기 위해선 당신의 도움이 필요하단 말이에요."

그녀는 급작스럽게 지어 낸, 구구절절한 사연을 읊기 시작했다.

아버지와 같은 신마의 죽음.

그 이면에 있는 사형, 사매 들의 음모. 그리고 그 복수를 위해서라면 자신의 모든 것을 내줄 수도 있다는 것이었다.

"당신과 같은 강자는 쉽게 찾아볼 수 없어요. 제가 물심양

면으로 도울게요. 우리가 힘을 합친다면 대사형은 몰라도 웬만한 사형, 사매를 이길 순 있을 거예요."

말을 마친 그녀가 눈물을 글썽인다.

한 점의 어색함도 보이지 않는 연기. 지금껏 이런 식으로 많은 남자들을 꼬여 냈기에 허술한 부분을 찾기는 힘들었다.

"뭐, 좋아. 그렇게까지 복수를 원한다면 도와줄게. 대신 한 가지 약속해 줘야겠어."

"그게 뭐죠?"

"용환. 너희 사형과 사매 들이 지닌 10개 반지는 내가 가져야겠어."

"물론이에요. 사부님의 복수만 할 수 있다면 그까짓 용환 따위 모두 가져도 상관없어요."

어차피 네 녀석이 가진 건 모두 내 것이 될 테니. 속내를 숨긴 그녀가 흔쾌히 고개를 끄덕였다.

"그럼 지금부터 우리는 동맹인 건가?"

"그럼요!"

한껏 기쁨을 표현한 그녀의 얼굴에 꽃이 피었다.

'웬만한 정신력이 아니고선 저 얼굴에 뻑 넘어갈 수밖에 없겠군.'

순간의 감정을 주체하지 못한 척 헤픈 미소를 흘렸다.

상대의 방심을 유도하기 위한 것도 있지만, 사실 어느 정돈 진심이 있었다.

그만큼 그녀는 치명적인 매력의 소유자였다.

설화는 정훈의 반응에 더욱 기뻐했다.

그런 그녀를 향해 말을 이어 갔다.

"동맹이 된 기념으로 한 가질 부탁하고 싶은데."

"무리한 것만 아니라면 얼마든지요."

"이번 전쟁은 내가, 트로이 진영이 승리해야겠어."

상대가 요구하기 전에 먼저 선수를 친 것이다.

정훈은 트로이, 설화는 그리스 연합 진영을 선택했다.

동맹을 맺은 둘이 싸울 순 없으니 둘 중 누군가가 한 진영을 포기해야만 했다.

"흐음."

잠시 생각에 잠긴 설화.

갈등은 있었으나 이내 결정을 내렸다.

"좋아요."

지금 당장은 상대의 신뢰를 얻는 게 중요했다.

보상이 탐나긴 하지만, 한순간의 욕심으로 계획을 망칠 순 없는 법.

먼저 말을 꺼내기도 했으니 기꺼이 양보하기로 한 것이다.

"전쟁에 도움을 드릴까요?"

신뢰를 얻기 위해 얼마 전까지 같은 진영이었던 이들을 가차 없이 벨 수도 있었다.

"아니, 병력만 빼 주면 돼. 나머지는 알아서 할게."

"흠, 글쎄요. 돕는 게 좋지 않을까요. 아무리 당신이 강하다 해도 쉽지는 않을 텐데."

정훈의 군세가 대단하다는 건 두 눈으로 확인한 바였다.

하지만 그리스 연합 모두를 상대하는 건 다소 어려운 일이다.

특히 트로이 연합이 상대적으로 열세에 있는 상황이니 힘을 보태 빠르게 정리하는 게 시간과 위험성을 줄일 수 있는 최선의 선택이었다.

"아니, 필요 없어."

하지만 정훈은 단호하게 거절했다.

'너네가 끼어들면 보상이 줄어들거든.'

그녀의 도움이 빠른 일 처리엔 도움이 될 수 있으나 보상 면에선 손해였다.

어떻게든 혼자 활약해야 보상이 늘어나는 건 물론이요, 앞으로 상대할 그리스 신들의 전리품을 독차지할 수 있기 때문이다.

게다가 예전이라면 모를까 마신의 군세를 다룰 수 있는 지금은 충분히 혼자서도 처리하는 게 가능했다.

"그럼 그렇게 해요. 병력만 빼 드리면 되는 거죠?"

"물론."

결국 그녀의 양보로 정훈은 원하는 모든 바를 이룰 수 있었다.

반드시 정훈의 신뢰를 얻어야만 하는 설화는 약속을 지켰다.

약속을 한 그날 설화를 비롯한 흑풍대, 그리고 대다수의 이스턴 무사들이 자취를 감추었다.

그리스 연합의 절반 이상 전력을 차지하고 있었던 그들의 이탈은 전쟁의 양상에 지대한 영향을 미쳤다.

물론 절반의 전력이 빠져나갔어도 여전히 그리스 연합의 세가 강한 건 사실이었다.

문제는 정훈의 참전이었다.

그렇지 않아도 일인군단이 그와 정말 군단인 마신의 군세는 그간 불리하기만 했던 전쟁의 양상을 뒤집어 놓기에 충분한 것이었다.

그야말로 파죽지세였다.

정훈과 휘하의 군세가 휩쓸고 간 자리에는 그리스 연합의 시체만 즐비할 뿐이었다.

연전연패.

트로이 성까지 밀고 들어온 그리스 연합은 결국, 후퇴를 감행할 수밖에 없었다.

하지만 정훈이 누구인가.

악마와 견주어도 손색이 없는 잔혹한 자였다.

도주하는 그리스 연합의 패잔병들을 끝까지 쫓아 학살을 자행했다.

살육에 취미가 있는 건 아니었다.

그리스 연합에 소속되어 있는 반신들을 죽여 신을 이 땅에 소환하기 위함이었다.

그의 손에 죽은 반신만 해도 수백. 그건 진영을 가리지 않는 살육이었다.

그것은 흡사 이 세계에 있는 모든 반신을 죽일 기세였다.

죽음을 맞이한 반신으로 인해 소환 포인트가 쌓였고, 신들이 강림했다.

데메테르, 아레스, 아테나, 아르테미스, 아폴론, 아프로디테, 포세이돈, 하데스, 헤라, 헤르메스, 헤스티아, 제우스의 올림포스 12신을 비롯 대다수의 신이 소멸했다.

강력한 힘을 지닌 신들도 불멸급의 아이템으로 무장한 괴물 정훈과 휘하의 악마들의 합공을 당해 낼 순 없었던 것.

강력한 힘을 지닌 신들인 만큼 내뱉는 전리품 또한 어마어마했다.

못해도 전설 그리고 불멸급의 무구가 우수수.

그중 가장 큰 수확은 신들의 소멸로 발생한 기간테스의 침공, 거기서 얻은 스퀴테였다.

올림포스를 차지하기 위해 호시탐탐 기회를 엿보고 있던 기간테스들은 그들의 힘이 약해지는 것을 느끼곤 침공을 감행한 것이다.

일전에 하데스가 준 초대장이 붉게 변한 게 바로 그 표식.

본래는 기간토마키아의 영웅 자격으로 참전할 것으로 생각했지만, 상황은 많이 달라져 있었다.

추가 시나리오 '기간테스의 침공' 발발. 웬만한 입문자들에겐 절대 수행 불가능한 임무나 정훈에겐 보너스 무대에 불과했다.

쏟아져 나오는 기간테스들은 물론 기간테스의 24 대장을 모두 처치해 스퀴테를 완성할 수 있었다.

거기에 메인 시나리오와 추가 시나리오에서 보인 활약도로 인해 얻은 보상까지.

지금까지 그랬던 것처럼 정훈의 독무대로 4막은 끝을 맺게 되었다.

정훈의 활약으로 4막이 종료되었다.

트로이 성 중앙에 생긴 포털 앞에는 설화와 흑풍대, 그리고 정훈이 남아 이야기를 나누고 있었다.

"축하해요. 못 본 사이에 놀랄 정도로 성장하셨네요."

이야기의 주제는 정훈의 성장이었다.

사실 정훈은 그간의 활약으로 괄목상대할 만한 성장을 이루어 냈다.

트로이 전쟁, 그리스 신 그리고 기간테스까지. 수많은 강적들을 물리치고 얻은 운명의 주사위를 통해 능력치를 탈까지 끌어올린 것.

물론 근력과 순발력을 제외하면 여전히 다른 능력치는 극에 머물러 있으나 그것만으로도 풍기는 기세가 확 달라져 있었다.

'위험해. 다음에는 내가 먼저 선수를 쳐야겠어.'

그것을 느낀 그녀는 겉으론 축하해 주는 척했지만, 속으론 잔뜩 시샘하는 중이었다.

그리고 결심했다, 4막에서 양보한 대가를 핑계로 5막은 자신이 활약할 것임을.

"같잖은 가식은 그만 떨지."

웃는 얼굴에 침 못 뱉는다고 했던가. 하지만 정훈에겐 해당되지 않는 말이었다.

"지금 뭐라고 하셨죠?"

적의가 느껴지는 그의 말에 잔뜩 굳은 얼굴의 그녀가 되물었다.

"네년의 속셈은 다 알고 있으니까 개수작질 그만 부리라고."

지금껏 숨겨 두고 있었던 칼날을 빼 들었다.

분란을 일으키는 그 행동은 무모하기 그지없는 것이었다.

아무리 능력치의 성장 그리고 스퀘테라는 태고급의 무구가 더해졌다지만, 그 혼자선 설화와 그녀를 보필하는 팔호법 중 1인 황규를 감당할 순 없었기 때문이다.

게다가 그들뿐이라면 모를까 뒤에는 열을 맞춘 흑풍대가 도열해 있었다.

말은 번지르르하게 했으나 만약의 사태에 대비해 정훈을 경계하고 있는 상황이었다.

반면 정훈은 어떤가.

그의 부하라 할 수 있는 준형과 협력 길드는 이미 포탈을 통과한 이후였다.

물론 언제든 소환할 수 있는 마신의 군세가 있다지만, 흑풍대도 만만치 않다.

흑풍대가 마신의 군세를 막고 있는 사이 설화와 황규가 협공을 가해 온다면 승산은 없다.

칼을 빼 든 것은 좋으나 그 시기가 너무 좋지 않았다.

"갑자기 무슨 소린지 모르겠네요. 속셈이라뇨? 저는 단지 사부님의 원수를……."

"사부님의 원수 좋아하고 자빠졌네. 가식 그만 떨어. 이미 끝났으니까."

능청스럽게 연기를 이어 나가려던 설화였으나 정훈의 말과 함께 그 가면은 산산이 부서져 나갔다.

"머저리 같은 놈인 줄 알았더니, 생각보다 여우였네?"

결국 본색을 드러냈다.

화사한 미소로 일관하던 얼굴에는 서리가 내린 것처럼 차갑게 굳어 있었다.

"아, 그게 아니구나. 조금이라도 오래 살고 싶었다면 알고도 모른 척했어야지. 머저리 녀석 같으니."

혀를 차는 그 모습은 조금 전 그녀와 동일 인물인지 의심이 갈 정도였다.

"그래. 가식 떠는 것보단 그게 낫네. 지금까진 더럽게 재수 없었거든."

"호호호, 네놈이 사지가 뜯겨져 나가고도 그리 대범한 척할 수 있는지 두고 보마."

이미 서로의 속셈이 드러난 상황이었다 .

설화와 황규 그리고 흑풍대가 무서운 기세를 피어 올리며 포위망을 좁혀 왔다.

"63권좌의 마신이 명하니, 오라 나의 군세여."

뒤틀린 시공간, 잠시 후 주변을 잠식해 들어간 어둠 속에서 그의 군세들이 쏟아져 나왔다.

보통은 모습을 드러낸 즉시 주인의 적들을 향해 달려들었을 테지만, 지금은 달랐다.

마치 뭔가를 기다리는 것처럼 정훈의 뒤에 서서 대기 중이었다.

"흑풍대, 암천暗天을 펼쳐라!"

악마들의 등장과 함께 황규가 외쳤다.

암천은 흑풍대가 부단히 연마한 검진으로 진 속에 갇힌 이는, 흡사 어두운 하늘 아래 있는 것처럼 느낀다 하여 붙여진 것이었다.

"발진發陣!"

검은 물결이 악마들을 포위하기 위해 움직였다.

어차피 그들의 목적은 정훈이 아니었다.

휘하의 군세들을 포위해 잠시간의 시간을 버는 것.

흑풍대가 움직임과 동시에 악마들이 순수한 악의 기운, 마기를 발산하기 시작했다.

구구구궁.

수백의 고위급 악마가 동시에 발산하는 마기는 뭐라 표현할 수 없는 중압감을 지니고 있었다.

심상치 않은 기운을 감지한 설화와 황규 또한 흑풍대 속에 합류하며 적들의 움직임을 예의 주시하고 있었다.

"공격!"

마침내 떨어진 정훈의 명령.

흑풍대 또한 반격을 위해 유기적으로 움직였다.

진법이라는 건 개개인의 힘을 하나로 연결시켜 위력을 더욱 증폭시킨다.

분명 하나하나 따로 보면 흑풍대에 비해 악마들이 우세하지만 진의 힘을 빌린다면 충분히 해볼 만한 승부였다.

"어?"

그런데 뜻밖의 상황이 펼쳐졌다.

악마들의 공격이 향한 곳은 흑풍대가 아닌 바로 그들의 주인인 정훈이었다.

마계에서만 볼 수 있는 검은 번개, 불꽃, 독 등이 그의 등짝을 노리며 쇄도했다.

의문스러운 상황에 장내 이목은 정훈에게 쏠렸다.

모든 이들의 시선을 한 몸에 받은 주인공이 움직인 것은 바로 그때였다.

"왕의 반지 앞에 모든 마의 기운은 흩어지니."

그의 손에서부터 뿜어져 나온 푸른빛이 쇄도해 오는 모든 악마들의 권능, 즉 마기를 흡수했다.

일전에 싸웠던 안드라스 때보다 더욱 충만한 마기가 솔로몬의 반지에 쌓였다.

비록 하나하나는 마신에 비해 부족하나 고위급 악마 수백이 모여 발산하는 마기는 실로 대단한 수준이었다.

이 마기를 파악한 정훈은 단순히 악마들을 부리는 것에 그치지 않고, 그들이 지닌 마기를 흡수해 자신의 전력을 높일 수 있는 지금의 방법을 고안해 냈다.

"정화된 마기는 왕의 힘이 될지니."

—솔로몬 왕의 '혜안慧眼' 획득.

내심 능력치 상승을 기대했으나 기대는 빗나갔다.

대신 솔로몬 왕의 스킬 중 하나인 혜안을 획득할 수 있었다.

'과연!'

기대는 빗나갔으나 실망하는 일은 없었다.

이 세계에서 다섯 손가락 안에 꼽힐 정도의 무력을 지닌 솔로몬 왕.

그가 지닌 스킬이라 하면 아무리 하찮은 것이라도 경천동지할 위력을 자랑하는 것이었다.

특히나 혜안의 경우 현재 정훈에겐 가장 필요한 능력이라고도 볼 수 있었다.

"너희의 주인이 명한다. 가서 피의 살육을 즐겨라!"

마기를 흡수하는 건 한 번이면 족했다.

더 욕심을 부렸다간 전력의 저하로 도리어 상황이 좋지 않게 흘러갈 수도 있기 때문이다

"마신의 명을 받들겠습니다."

현재 군세를 이끄는 아자젤이 대표 격으로 답했다.

일전과 마찬가지로 제각기 흩어진 악마들이 흑풍대와 충돌했다.

"곱게 죽을 것이지, 쓸데없는 저항은."

어느새 정훈의 앞을 설화와 황규가 막고 있었다.

아무리 악마들이 강하다 해도 암천을 펼친 흑풍대라면 일방적으로 당하진 않을 것이다.

최대한 빨리 정훈을 처치한 후 합류한다면 이번 전투는 그들의 승리였다.

"지랄을 하세요."

대화가 무슨 의미가 있을까.

"죽엇!"

왼편에 선 설화의 추혼이 유연한 궤적을 그렸다.

"놈!"

중검重劍의 달인이기도 한 황규의 청홍검이 정훈의 머리를 쪼갤 기세로 떨어져 내렸다.

머리와 허리를 노리는, 거기에 교묘하게 시간 차이를 둔 완벽한 합격合格이었다.

평소의 정훈이라면 아무리 발악한다 한들 어느 정도의 피해를 감수해야 할 정도.

그런데 그 순간 정훈의 눈동자 속에서 황금빛 문양이 나타났다.

솔로몬 왕을 상징하는 것이기도 한 황금빛 오망성은 그의 스킬 혜안이 발동했을 때 나타나는 상징이었다.

'여기구나!'

마치 미래를 본 것처럼 상대의 공격 지점을 예측할 수 있었다.

혜안은 말 그대로 사물의 본질을 파악하는 능력.

상대의 공격이 어디로 향하는지 느낄 수 있도록 해 주었다.

보통 고수들의 싸움은 허초를 섞어 공격의 방향을 예측할 수 없게끔 하지만 혜안 앞에선 아무런 소용도 없었다.

카캉.

간장과 막야가 불을 뿜으며 두 사람의 공격을 튕겨 냈다.

태극검을 발휘한 정훈은 수비적인 검술의 달인이 된 상태.

공격의 끝 지점만 파악할 수 있다면 손쉽게 막는 게 가능했다.

'뭐지? 전에 봤을 땐 이렇게 정교하지 않았는데.'

'놈, 생각보다 검을 다루는 게 보통이 아니구나!'

고작 일격.

하지만 고수들이 상대의 실력을 파악하는 건 일격으로 충분했다.

설와화 황규의 시선이 허공에 얽혀 들었다.

생각보다 정교한 검술에 당황한 것도 잠시. 눈빛을 마주한 것만으로 의견을 교환했다.

시간을 끌어 봐야 불리한 건 자신들이었다.

빠르게 끝을 보기 위해 비장의 한 수를 준비했다.

'이것들이.'

끝장을 보려는 그들의 기색을 읽은 정훈 또한 이에 맞설 준비를 시작했다.

데구루루.

본래는 붉은 액체를 담고 있어야 할 빈 병이 지면을 굴렀다.

병 안에 들어 있어야 할 액체는 이미 정훈의 목구멍을 넘어간 뒤였다.

그 정체는 신들의 음료 넥타르.

전설에 의하면 불사의 권능을 부여한다고 알려져 있으나 실제 그 능력은 지속 시간인 1분 동안 무한한 마력을 부여하는 것이다.

단, 마력은 무한하나 그 위력은 현재 복용한 이가 지닌 최대 마력 이상을 내진 못한다.

넥타르로 인해 무한히 차오르는 마력을 느끼던 정훈, 그의 무장이 바뀜과 동시에 입술이 움직였다.

"나의 분노가 세상을 뒤엎는다."

하늘을 뒤덮은 먹구름에서부터 노란색 벼락이 떨어져 내렸다.

제우스의 무장을 이용한 그의 권능을 발휘한 것이었다.

파지지직.

하지만 목표를 맞히지 못해 지면을 까맣게 태울 뿐이었다.

물론 한 번이 아니었다.

하늘에 검게 드리운 먹구름에선 쉴 새 없이 노란색 번개가 떨어져 내렸다.

설화와 황규는 이스턴 무사들의 장기인 보법을 이용해 정훈의 공격을 손쉽게 회피하며 틈을 노렸다.

"내리쳐라, 마구 내리쳐라!"

정훈의 오른손엔 제우스의 번개, 왼손에 토르의 묠니르가 쥐인 상태였다.

이번에는 토르의 권능을 발휘했다.

쿠르릉.

우렁찬 천둥의 굉음과 함께 노란색 번개 사이로 푸른색 벼락이 번쩍였다.

두 사람을 향해 끊임없이 떨어지는 노란색, 그리고 푸른색 번개는 순간순간마다 세상을 두 가지 색으로 물들이고 있었다.

벼락의 횟수도 대단했으나 그 위력도 전과는 달랐다.

파즈즈.

지면을 검게 물들인 것으로도 모자라 한동안 주위 지면에 스며들어 에너지를 발산한다.

그간 정훈의 능력치가 성장을 했다곤 하나 지금의 위력을 내는 건 상식적으로 불가능한 일이었다.

그 이유는 정훈의 특이한 무장 때문이었다.

현재 그는 한 가지 무장을 착용한 게 아닌, 제우스와 토르의 무장을 섞어서 착용 중이었다.

그 이유는 오롯이 번개의 위력을 끌어올리기 위함이었다.

제우스 무장의 경우 6개 세트를 착용할 경우 번개 속성 위력이 대폭 상향되고 토르는 5개 착용 시 동일한 효과가 발휘된다.

그렇지 않아도 비루스크닐과 마그니의 보패로 인해 사기적인 번개의 위력을 자랑하는 그였다.

거기에 두 세트 효과가 합쳐지니 번개 공격에 한해서는 제우스나 토르보다 더욱 강력한 파괴력을 손에 넣을 수 있게 된 것이다.

넥타르로 인해 마력도 무한한 상태니 권능을 마구잡이로 난사할 수 있었다.

겹쳐지는 권능으로 인해 지금 정훈의 반경 1킬로미터 내는 노란색과 푸른색 번개의 지대로 변한 상태였다.

놀라운 건 그뿐만이 아니었다.

"폭풍 번개!"

먹구름과 소용돌이를 동반한 번개의 소용돌이가 주변을 휩쓸었다.

지혜의 가면이 지닌 능력을 발휘해 얻은 마신의 권능은 34마신인 푸르푸르의 것이었다.

이 마신의 대표적 힘은 태풍과 번개. 그중에서도 가장 강력한 폭풍 번개의 능력을 습득할 수 있었다.

강력한 마신의 권능에 그의 모든 번개 속성 피해가 합쳐지니 자연재해를 연상케 하는 강력한 능력이 발휘되었다.

콰콰콰콰콰.

그야말로 종말의 순간이었다.

겹쳐진 권능은 세계의 종말을 연상케 할 정도의 위력으로 주변을 파괴했다.

범인이라면 그 위력의 영향권에 들어간 것만으로도 실신했을 것이다.

하지만 이스턴 내에서도 최고수에 속하는 설화와 황규는 용케도 이겨 내고 있었다.

신묘한 보법으로 번개를 회피하며 기운을 보호막처럼 감싸 폭풍에 저항했다.

그것은 자연재해에 저항하는 위대한 인간의 모습이었다.

모든 것을 파괴하는 기운에 맞서며 침착하게 최후의 일격을 준비하던 그들은 마침내 그 기회를 잡을 수 있었다.

"하압!"

두 사람이 동시에 출수했다.

놀랍게도 그것은 눈에도 그렇다고 아무런 기운도 느껴지지 않는 무형의 공격.

혜안을 지닌 정훈조차 파악할 수 없는 미지의 힘이었다.

삼검三劍.

신마가 말년에서야 창안할 수 있었던 무극지도武極之道의 십검 중 제삼초식.

의지로 적을 베는 심검의 경지를 강제로 열어 주는 무공으로 설화와 황규가 펼칠 수 있는 가장 강력한 공격이었다.

'끝이다!'

내심 확신했다.

9명의 사형제를 제외하곤 지금껏 그 누구도 받아 내지 못한, 그야말로 절초가 아닌가.

그것도 혼자가 아닌 황규와의 합격이었으니 상대가 선택할 수 있는 거라곤 죽음뿐이었다.

"뭐, 뭐야?"

조금 전까지 만개해 있던 승리의 미소가 가셨다.

당연히 죽음을 맞이해야 할 정훈이 사라져 버린 탓이다.

휘오오.

두 사람이 경악하고 있을 무렵, 정훈은 바람만이 고요하게 부는 흑색의 공간 속에 몸을 피신한 상태였다.

세상이 고유의 색을 잃어버린 그 공간은 퀴네에의 격이 만들어 낸 단절된 차원이었다.

'비장의 수는 끌어냈고……'

만족감에 고개를 주억거렸다.

퀴네에를 사용할 순간을 재고 있었던 그는 상대가 숨겨 둔 칼을 빼 든 그 결정적 순간에 몸을 숨겼다.

비록 그것이 의지로 생성한 심검의 경지라곤 하나 차원에 영향을 주는 특수한 공격이 아닌 이상에야 정훈에게 아무런 피해도 줄 수 없었다.

줄곧 경계하던 회심의 일격은 넘겼다.

이제 반격을 가할 차례다.

몰니르와 제우스의 번개가 보관함으로 들어간 후 그 자리를 대신한 건 검은 광택의 낫이었다.

특이하게도 손잡이와 날 부분을 연결해 주는 부위엔 거대한 눈이 깜빡인다.

기괴한 외형만큼 강력한 힘을 지닌 무기. 바로 기간테스를 처치하고 완성할 수 있었던 태고급의 낫 스퀴테였다.

희귀 속성인 '시간'의 힘을 지닌 스퀴테는 차원을 벨 수 있는 몇 안 되는 무기 중 하나.

그 능력은 금방 확인할 수 있었다.

단절된 차원 속을 거닐던 정훈은 그 누구도 모르게 황규에게 접근하여 스퀴테를 휘둘렀다.

서걱.

어긋난 차원 너머에서 전해진 공격이었지만, 심상치 않은 기운을 가까스로 감지한 황규는 몸을 날려 피했다.

"크윽!"

기상천외한 그 공격을 온전히 피할 순 없는 일이었다.

느끼기론 왼쪽 팔목을 스치고 지나간 듯했으나 깨끗하게 절단되어 있었다.

푸확!

잘린 단면 사이로 피 분수가 요란하게 솟구쳐 올랐다.

평범한 이라면 그 충격으로 허둥지둥했겠지만, 황규는 평범한 범주의 인물이 아니었다.

잘린 손목 주위의 혈을 짚어 지혈한 후 추가 공격에 대비했다.

과연 그의 예상대로였다.

공간을 찢고 나온 정훈이 따라붙고 있었다.

정비할 틈을 주지 않기 위함이었다. 이대로 황규를 전력에서 제외시킬 작정이었지만.

"어딜 가려고!"

설화의 대응은 신속했다.

어느새 정훈의 옆구리로 다가온 그녀의 추혼이 기괴한 각도로 꺾여 들어왔다.

"공간의 감옥."

스퀴테의 거대한 눈동자가 붉게 충혈된 순간 설화 주변 공간이 물에 비친 것처럼 어그러졌다.

공간의 감옥.

원하는 대상의 주변 공간을 뒤틀어 그곳에 가두어 버리는 권능이었다. 지속 시간인 30초가 지나기 전까지 그녀는 한 발자국도 꼼짝할 수 없다.

정훈이 2 : 1의 불리한 싸움에서도 자신감을 보일 수 있었던 이유 중 하나였다.

"아가씨!"

혹여 설화에게 변고가 생긴 게 아닐까 우려한 황규. 이 충심으로 가득 찬 노장은 노한 함성을 터뜨리며 정훈에게 달려들었다.

시간을 끌기 위해서 신법身法으로 도망만 다녔다면 곤란해졌을지도 모른다.

하지만 알아서 덤벼 주니 이 얼마나 고마운 일인가.

카카카캉!

무수히 많은 궤적을 그리는 청홍검을 하나하나 쳐 냈다.

지혜의 가면이 부여한 혜안을 통해 예측 지점을 알고 있었기에 가능한 일이었다.

"공간을 꿰뚫어라."

스퀴테의 검은 눈동자가 사라지고 대신 흰자위만으로 가득한 백안白眼이 되었다.

변화는 그뿐만이 아니었다.

검은 광택을 자랑하던 낫이 하얗게 물들었다.

놀랄 만한 변화를 이룬 낫이 목 언저리를 향해 쇄도했다.

꽤 강맹한 위력이 담겨 있으나 너무도 정직한 공격이었다.

'멍청한 놈!'

힘은 있으나 변화가 부족하다.

분명 상대는 낫과 같은 특수 무기를 다뤄 본 적이 없으리라.

그리 짐작한 황규는 이것이 절호의 기회라 판단했다.

적의 공격을 수비하는 방법 중 가장 상책은 더 강력한 힘으로 튕겨 버리는 것이다.

물론 이런 일을 행하기 위해선 공격의 모든 변화를 읽고 있어야만 하고 상대보다 더 강력한 힘이 필요했다.

때문에 고수들 간의 싸움에선 좀처럼 튕겨 내는 현상은 보기가 힘들었다.

하지만 지금 그 기회가 찾아왔다.

처음 다루는 무기로 인해 단순해진 변화.

거력이 담겨져 있으나 중검을 다루는 황규에겐 깃털과 같이 가볍게 느껴질 뿐이었다.

"일도양단一刀兩斷."

지면을 박차 오른 그가 자신의 무게를 실은 채 청홍검을 수직으로 그었다.

오랜 세월 신마의 밑에서 연마한 그만의 독문무공. 비록 왼쪽 손목을 잃은 탓에 위력이 줄어들었다고 하지만 태산을 쪼갤 듯한 특유의 그 위력은 여전했다.

"부서져라!"

지금껏 일도양단과 마주해 부서지지 않은 무기가 없었다.

이번에도 결과는 다르지 않을 것이다. 황규는 확신을 담아 소리쳤다.

푸욱.

"흐읍!"

하지만 그의 예상은 빗나갔다.

스퀴테가 부러지는 일은 없었다. 아니, 애초에 스퀴테와 청홍검이 부딪치는 일 또한 일어나지 않았다.

놀라움에 두 눈을 부릅뜬 황규의 시선이 자신의 배로 향했다.

하얀 낫의 일부분이 보였다.

등을 관통한 낫이 복부를 비집고 삐죽이 튀어나와 있었다.

"어떻게……?"

믿을 수 없었다. 분명 정면을 향해 다가오던 낫이 어떻게 등을 관통할 수 있단 말인가.

"간단한 마술."

황규라는 강적을 쓰러뜨린 정훈은 모처럼 환한 미소를 보였다.

그가 내뱉은 말은 마냥 헛소리가 아니었다.

백안의 스퀴테는 공간을 관통하는 능력이 부여된다.

단순히 관통하는 것만이 아니라 임의로 공간을 연결해 공간에 구애받지 않는 능력을 발휘할 수 있었다.

조금 전 정훈은 황규의 정면과 등 뒤에 공간을 연결시켜 그곳에 스퀴테를 찔러 넣었다.

그 결과는 지금과 같았다.

전혀 예측하지도 못한 마술과도 같은 공격에 등 뒤를 내줄 수밖에 없었던 것이다.

촤악!

자비는 필요 없었다.

스퀴테를 쥔 손에 힘을 주어 아래로 그러 내리자 내장과 함께 핏물이 바닥으로 떨어져 내렸다.

"커흑!"

아찔한 충격과 함께 황규의 숨이 멎었다.

한때는 강호의 정점이었던 삼황오제 중 검제劍帝였으며 현재는 신마의 제자들을 보필하는 팔대호법 중 일인인 황규.

그는 전혀 예상치 못한 복병, 정훈에 의해 죽음을 맞이하고 말았다.

"황 할아버지!"

설화의 절규가 뒤따랐다.

공간의 감옥이 지속되는 30초가 이미 지난 상태.

속박이 풀리는 즉시 전투에 참여하려던 그녀는 황규의 죽음을 목격하고 말았다.

비록 피 한 방울 섞이지 않았지만, 자신을 여식과 같이 아껴 주던 황규의 죽음은 이성을 잃게 하기에 충분한 것이었다.

"으아아아!"

결국 그녀는 생명을 갉아먹는 선천진기先天眞氣를 마구잡이로 분출하기 시작했다.

'미쳤군.'

지금의 상황은 정훈도 예측하지 못한 것이었다.

당연한 일이다.

선천진기를 사용한다는 건 목숨을 포기하겠다는 것과 마찬가지.

목숨을 포기할 만큼의 간절함이란 쉽게 찾아볼 수 없는 일이었다.

문제는 그 각오만이 아니다.

목숨을 포기한 적만큼 무서운 건 없다.

게다가 저 위력, 저 진기의 폭풍 속에 한 발짝이라도 잘못 발을 들였다간 그대로 목숨을 잃을 게 뻔히 보였다.

"네 녀석!"

무시무시한 기세를 품은 설화가 다가온다.

예상치 못한 상황에 잠깐 당황하긴 했으나 빠르게 수습했다.

잠깐 그녀에게 정훈의 시선이 닿았고, 이내 입술을 달싹였다.

"열려라, 타르타로스."

백안의 스퀴테에 변화가 일었다.

이번에는 흑안黑眼이었다. 눈동자가 칠흑으로 물든 그 순간 정훈의 주변 공간에도 변화가 생겼다.

어느새 주변을 칠흑의 어둠이 감쌌다.

그건 마치 아무것도 존재하지 않았던 태초의 우주를 보는 듯했다.

이 어두운 공간에서 보이는 것이라곤 정훈과 설화뿐이었다.

조금 전과 달라진 건 주변 환경만이 아니었다.

설화의 주변에 소용돌이치던 기세가 한 꺼풀 꺾여 있었던 것.

이것은 바로 스퀴테의 마지막 권능인 타르타로스가 지닌 능력 덕분이었다.

태초의 우주, 대지의 여신 가이아의 자궁 속을 재현한 이 공간에선 원하는 한 대상의 능력치를 50퍼센트 하락시킬 수 있다.

물론 정훈이 지정한 건 설화였다.

타르타로스의 영역에 들어선 그녀는 능력치가 반 토막이나 버렸고, 그 능력치의 20퍼센트가 정훈에게 전이되었다.

비록 20퍼센트에 불과하나 그 정도만으로도 상당한 전력의 상승을 이룰 수 있었다.

이것이 태고급이 지닌 가치다.

사실 불멸과 태고는 고작 한 등급의 차이지만 실제로 발휘되는 성능 면에선 비교가 불가능할 정도였다.

능력 하나하나가 주옥같고 활용의 범위도 넓다.

특히 스퀴테의 경우 태고급 중에서도 최상위의 성능을 지닌 것으로 이것을 지닌 자와 지니지 않은 자의 차이는 어마어마할 수밖에 없었다.

"내 육신이 곧 검으로 화化하니."

"신검합일身劍合一."

기를 검으로 형상화하여 적을 벤다.

일정 이상의 무사들이라면 능히 펼칠 수 있는 경지의 공부였으나 설화의 것은 궤를 달리했다.

삼라만상의 모든 것이 그녀에게 호응해 거대한 검을 만들었다.

분명 눈에 보이진 않는다.

하지만 지금 그녀는 그 크기를 알 수 없는 거대한 검으로 화해 있었다.

사검四劍. 무극지도의 제사초식.

본래 설화의 최종 경지는 삼검에 그쳤으나 선천진기를 끌어내면서 사검을 펼칠 수 있었다.

'씨발, 무공은 진짜 개사기야!'

불평을 하지 않고 싶어도 어쩔 수 없었다.

이스턴의 무공은 이계에 존재하는 거의 모든 스킬을 씹어먹을 정도의 위력을 자랑했다.

특히나 강호의 정점을 찍은 신마의 무공이라면 말할 필요가 없을 것이다.

삼라만상의 검에 반응한 육신이 옅게 떨려 왔다.

감히 대항할 수 없는 자연의 분노 앞에 선 나약한 인간처럼 주체할 수가 없었다.

'그래도 여기가 내 무덤은 아니다.'

그렇게 확신하며 스퀴테를 양손으로 꽉 쥐었다.

그러곤 단 한 톨도 남김없이 모든 마력을 쏟아부었다.

우우우웅.

방대한 그의 마력을 모두 흡수한 스퀴테가 요란하게 진동했다.

그리고 분열이 시작되었다.

곧 거대한 눈동자는 수백 개의 작은 눈동자로 나뉘게 되었다.

"보아라, 내 앞의 차원이 무너져 내린다."

시동어를 외친 그가 하늘을 향해 들어 올린 스퀴테를 아래로 그었다.

스윽.

허공을 베었다. 아니, 차원을 베었다.

갈라진 차원의 틈새는 아무것도 없는 무의 공간으로 그곳에서 발생한 흡입력이 주위 모든 것을 빨아들였다.

최강의 방어기 중 하나.

설화가 발현한 삼라만상의 검 또한 그 흡입력을 피해 갈 수 없었다.

검 자체를 빨아들이진 못했지만, 검을 구성하는 삼라만상의 기운을 빨아들여 그 기운을 흐트러뜨렸다.

얼마 지나지 않아 갈라진 차원이 다시 원상복구가 되었을 때 삼라만상의 검은 본연의 기운을 많이 잃은 상태였다.

"하, 하하."

장내에 공허하게 울려 퍼지는 허망한 웃음.

그 주인은 설화였다.

선천진기를 사용한 지 이제 고작 1분이 지났을 뿐이다.

고작 1분에 불과한 시간 동안 그녀에게 많은 변화가 찾아왔다.

18세의 꽃다운 나이. 젊고 탱탱하던 피부는 주름으로 가득했고, 세상의 모든 아름다움을 품고 있었던 미모는 세월이 가져가 버렸다.

아름다운 젊은 여인은 온데간데없이 사라지고, 금방이라도 숨이 끊어져도 이상하지 않을 노인이 그 자리를 대신하고 있었다.

예상보다 생명 에너지의 고갈이 심했다.

끝까지 하고자 하는 의지가 있었다면 조금 더 이어 갈 수 있었겠지만, 정훈이 발현한 차원 베기로 공격이 무산되어 노화가 더욱 빨리 진행된 것이다.

그로 인해 삼라만상의 검 또한 형체를 잃어버린 채 흩어졌다.

이제 그녀는 꺼지기 직전의 촛불처럼 단 한 줌의 생명만을 붙잡고 있는 상태였다.

"그러게 끝낼 수 있을 때 확실하게 끝을 냈어야지."

그녀에게 다가간 정훈이 옅게 미소 지었다.

설화의 패인은 끝낼 수 있을 때 끝내지 못한 것이다.

적을 어떻게든 이용할 생각이라면 확실히 통제할 수 있는 상황을 만들어 놔야 한다.

지금 당장은 무력으로 충분히 제압할 수 있다고 해서 가만히 내버려 두면 지금과 같은 일이 반복되고 말 것이다.

'나도 다를 바 없지.'

준형을 도구로 이용하고 있는 건 정훈 그도 마찬가지.

물론 그들이 당장 뒤통수를 친다 한들 아랑곳하지 않을 전력 차가 있으니 당장은 상관없겠지만.

'한순간의 방심이 화를 불러온다. 내가 이 꼴이 되지 말란 법은 없으니까.'

목줄이 풀린 개는 언제 주인을 물지 알 수 없다.

그렇기에 좀 더 확실한 목줄로 그들을 길들여야만 할 것이다.

언제 배신을 하더라도 상관없는 그런 강력한 목줄을 말이다.

머릿속에서 그려지는 준형의 얼굴을 떠올리며 다짐했다.

이내 그의 시선이 체념으로 무릎 꿇고 있는 설화에게 향했다.

모든 것을 잃어버린 그녀는 반쯤 넋이 나간 눈동자로 정훈을 응시하고 있었다.

"잘 가라."

마지막 인사와 함께 스퀴테를 휘둘렀다.

데구르르.

육신에서 분리된 머리가 지면을 구른다.

이스턴의 정점을 꿈꾸었던 10인 중 한 명.

하지만 아무리 대단한 이라 한들 그 죽음은 허망하기 그지 없었다.

"후우."

승리를 확신하고 있었지만, 그래도 매 순간이 위험한 전투였다.

긴장으로 굳은 근육을 풀어 내며 안도의 한숨을 내쉬었다.

하지만 그에게 휴식의 시간은 허용되지 않았다.

가장 중요한 둘을 처리하긴 했으나 그들이 남긴 흑풍대가 남아 있었다.

렐레고의 부적을 발동해 떨어진 전리품을 챙겼다.

그러곤 곧장 흑풍대와 결전을 벌이고 있는 악마들에게 합류하려 했다.

하지만 다음 순간, 마치 일시정지를 누른 것처럼 발이 멈췄다. 놀람을 가득 담은 동공이 확대되면서 입술이 열렸다.

"스킬 북?"

자신도 모르게 말을 내뱉고 말았다.

설화가 떨어뜨린 전리품 중 스킬 북이 포함되어 있었던 것이다.

'배우지 않은 스킬 북이 있었던 건가?'

설마 얻어 놓고도 배우지 않은 스킬 북이 있었던 걸까.

아니, 그럴 가능성은 희박하다.

배우는 데 제한이 있는 것도 아니고 스킬은 무공과는 또 다른 신비한 힘, 배운 종류가 많으면 많을수록 유리했다.

지금이 1막도 아니고 4막까지 온 마당에 설화 같은 고수가 그런 걸 모를 턱이 없었다.

'어쨌든 나야 좋지.'

검은색 바탕에 황금색 띠가 척 보기에도 범상치 않아 보인다.

어차피 시간의 차이일 뿐, 흑풍대는 악마들에 의해 정리가 될 터. 지금은 스킬 북을 확인하는 게 우선이었다.

화악!

책을 펼치자 그곳에서부터 눈부신 섬광이 쏟아져 나왔다.

감았던 눈을 뜨자 손 안에 있던 스킬 북이 사라져 있었다. 무사히 스킬을 습득한 증거였다.

천도天道(패시브)

효과 : 마력을 제외한 모든 능력치 +20퍼센트, 마력 +50퍼센트 증가, 검 숙련도 레벨 +10, 검으로 입히는 피해 30퍼센트 증가
설명 : 신마가 우화등선하기 전 남긴 심법. 하늘의 뜻을 헤아리려는 인간의 고뇌가 담겨 있다.

그건 배우지 않은 스킬 북이 아니었다.

'시스템이 개입했군.'

뒤늦게야 확신할 수 있었다.

신마의 유산을 획득하기 위한 용의 전쟁에 참여하게 되면

서 시스템에 영향을 준 것이다.

본래 입문자인 설화가 습득한 무공이 스킬 북 형태로 드롭되는 일 따위는 없을 테지만, 시스템이 개입했다면 이야기가 다르다.

'신마의 무공을 배울 수 있다!'

그렇다는 건 다른 9명의 제자를 처치할 경우 강력하기 그지없는 신마의 무공을 습득할 수 있다는 것.

두근두근.

뜻밖의 희소식에 심장이 두근거렸다.

지금껏 그는 본신의 무력보단 아이템의 권능에 많은 부분을 의지하고 있었다.

물론 능력치의 수준은 현 입문자들 중에서도 최상위라 할 만했지만, 그것을 제대로 다루지 못하는 게 더 문제였다.

당장 설화나 황규만 봐도 그렇다.

능력치는 분명 그가 앞섰으나 아이템의 도움 없이 싸웠다면 백이면 백 모두 패했을 것이다.

힘을 다루는 능력과 무공이라는 특수한 스킬의 차이 때문이다.

사실 일생을 수련으로 매진하는 그들이 힘을 사용하는 능력을 따라잡는 건 불가능한 일이다.

하지만 무공은 다르다.

스킬 북 형태로 드롭된 무공은 습득하는 것만으로도 평생을 수련한 그들과 동일한 선상에 설 수 있다.

설화를 처치해 무극지도의 입문 심법을 얻었다는 건 신마의 제자들을 처치해 그의 다른 무공을 얻을 수 있다는 것을 뜻한다.

'내가 곧 신마가 될 수 있다.'

아이템의 권능과 신마의 무공, 이 두 가지가 합쳐진다면 최후의 일인이 되는 게 그저 꿈만은 아닐 것이다.

게다가 보상은 무공만이 아니다.

용환 10개를 모으게 될 경우 태초급의 무구를 손에 넣을 수 있다.

어떤 성능의 아이템인진 아직 알지 못하지만, 태초급이라 하면 세계를 파괴하는 권능을 지닌 무구다.

반드시 손에 넣어야만 할 것이었다.

물론 쉽지는 않은 길이다.

막내인 설화. 사형과 사매 들이 무서워 적에게 손을 내밀 정도의 처지인 그녀의 무력은 정훈이 감당하기 힘든 정도였다.

과연 그 위의 서열은 얼마나 대단할지 짐작조차 쉽지 않았다.

남은 9명의 제자들을 처치하고 신마의 유산을 얻기 위해선……

'다음 시나리오가 중요 발판이다.'

스퀴테에 이어 그의 강력한 힘이 되어 줄 또 하나의 태고급 무구.

5막에 숨은 그것을 차지해야만 좀 더 유리한 전투를 이끌어갈 수 있을 터였다.

하지만 그전에 해야 할 일이 있었다.

"잔챙이들은 그만 뒈져!"

정훈은 악마들과 흑풍대가 격전을 벌이고 있는 곳에 난입해 낫을 휘둘렀다.

그의 낫이 움직일 때마다 흑풍대가 무너져 내렸다.

강력한 힘을 지닌 수백의 악마들 또한 진법이 지닌 현묘함으로 인해 고전하고 있었으나 정훈만큼은 달랐다.

압도적인 힘으로 적들을 베어 넘겼다.

그렇게 불과 5분이 지날 무렵, 그곳에 서 있는 흑풍대원은 아무도 없었다.

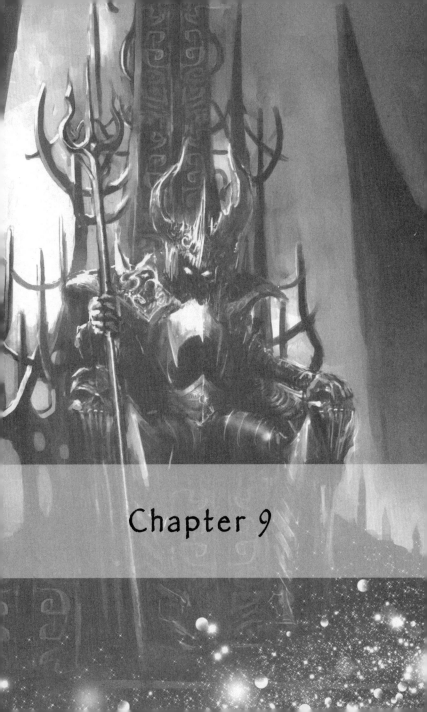

Chapter 9

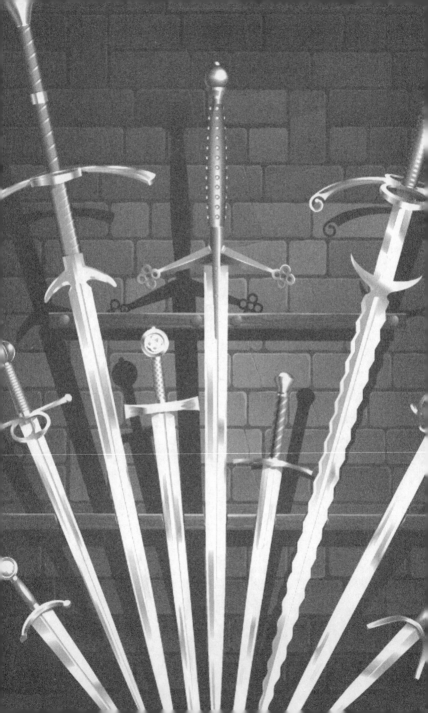

강렬한 햇볕을 느낀 정훈이 눈을 떴다.

눈앞에 나타난 건 황금빛으로 물든 세계, 끝없이 펼쳐진 모래사막이었다.

'잘못 걸렸군.'

역시 운이라곤 지지리도 없다니까.

실소가 새어 나왔다. 5막 포털을 통과하면 무작위의 장소로 떨어지게 된다.

수많은 장소 중에서도 지금 그가 서 있는 사막 한가운데는 최악으로 손꼽히는 곳.

만약 정훈이 지금과 같은 무력을 지니고 있지 않다면 실소 정도로 감정을 표하진 않았을 것이다.

잠시 주변을 둘러보던 그가 황금 나침반을 꺼내 이리저리 움직여 보았다.

하지만 아무런 반응이 없다. 방향을 가리켜야 할 침이 미동조차 하지 않았다.

'망했다.'

분명 조금 전까지 여유 넘치던 얼굴에 급격히 그늘이 드리웠다.

강력한 적, 불가능한 미션.

그 무엇도 두렵지 않다. 하지만 길 찾기만큼은 자신이 없었다.

지금까지 그 단점을 덮어 줬던 게 황금 나침반이었다.

어디에 떨어져 있어도 목적지를 알려 주던, 정훈에겐 한 줄기 빛과도 같았던 최고의 아이템.

하지만 5막에선 그 쓸모를 다하고 말았다.

시나리오의 단계가 올라갈수록 등장하는 적의 수준이나 환경이 가혹해진다.

당연히 언젠가는 황금 나침반의 효과도 사라질 것으로 생각했지만, 그게 5막일 줄은 예상하지 못했다.

'하필이면 지금이냐고!'

하필이면 많고 많은 상황 중에 사막 한가운데에 떨어진 때라니.

한참 동안 그곳에 멈춰 선 채 고뇌했다.

하지만 아무리 불평하고 머릴 굴려 봐도 뾰족한 수가 생겨나는 건 아니었다.

'피할 수 없다면 즐기는 수밖에.'

아주 방법이 없지는 않다.

이곳저곳 모든 방향을 쑤시다 보면 언젠가 목적지에 닿을 수 있을 터.

결국 가장 단순하면서도 확실한 방법을 떠올린 그는 무장을 바꿨다.

날개가 달린 녹색의 넓은 차양 모자 페타소스와 역시 날개가 달린 샌들 탈라리아, 그리고 손에는 전령의 지팡이 케리케이온을 들었다.

헤르메스를 소환하여 그의 영혼을 갈취하면서 더욱 강력해진 사이코포모스 세트. 전령의 신이 지닌 광속의 권능이 고스란히 부여되어 있었다.

"전령의 신이 가고자 하니, 세상 만물이여 길을 비켜라."

그의 등 뒤로 투명한 한 쌍의 날개가 생겨나자 정훈의 육신 또한 흐릿해졌다.

유체 상태가 된 그는 지금 평소보다 더 날랜 움직임과 그 어떤 장애물도 통과할 수 있는 권능을 얻었다.

슈욱.

의지를 움직인 순간 하나의 선이 된 정훈은 이미 저 먼 곳을 향해 날아가고 있었다.

사막 여행은 지루하기 그지없었다.

보이는 거라곤 모래 속에 숨어 여행자들을 노리는 몬스터뿐.

패의 끝에 달하는 능력치는 지닌 강력한 적이었으나 정훈에겐 코털만큼의 위협도 되지 못했다.

처음 몇 번은 사냥하기도 했다.

하지만 얻는 것이 미미했기에 따라오든 말든 내버려 두었다.

물론 광속을 자랑하는 그의 속도를 따라올 괴물은 적어도 이곳 5막에선 존재하지 않았다.

동쪽, 서쪽, 남쪽을 차례로 이동해 얻은 정보는 목적지가 아니라는 것.

결국 남쪽의 끝에서 북쪽으로 향하던 정훈의 심정은 짜증으로 가득 차 있었다.

반나절을 아무런 소득 없이 보내야만 했다.

이계에서의 시간은 곧 금이자 실력 향상의 기회다.

그런데 반나절을 그냥 허비한 건 정훈의 입장에서 도저히 용납할 수 없는 일이었다.

처음부터 꼬이는 일에 얼굴을 찌푸린 그는 나머지 북쪽을 향해 맹렬한 속도로 나아갔다.

'음?'

넓게 펼쳐진 기감의 그물에 포착되는 게 있었다.

그 방향을 향해 시선을 둔 뒤에 눈에 마력을 불어 넣었다.

한참이나 먼 거리였다.

하지만 눈에 마력을 불어 넣어 집중하자 마치 바로 앞인 것처럼 선명하게 나타났다.

사막 한가운데 무리를 지은 이들이 보였다.

그들은 저마다 심각한 표정으로 그 자리를 서성거리고 있었다.

'입문자?'

그들이 입문자임을 확신했다. 그에겐 입문자와 주민을 구분할 수 있는 확실한 방법이 있었기 때문이다.

지금 착용하고 있는 지혜의 가면이 지닌 권능. 입문자들의 머리 위엔 입入, 그리고 주민들의 머리 위엔 주住를 표시한다.

눈앞에 나타난 무리의 머리 위엔 공통적으로 입 자가 떠올라 있었다.

저마다 다른 종족, 그리고 다른 차원 출신이지만 뭉쳤다.

당연한 현상이다.

아직 어떤 무대인지도 파악하지 못한 상황이었으니 무의미한 전투로 목숨을 잃고 싶진 않았을 것이다.

관심은 곧 다른 곳으로 옮겨 갔다. 무리의 앞을 가로막은 거대한 존재가 있었다.

인간의 머리에 사자의 동체, 그리고 새의 날개를 지닌 그
것은 고대 왕들의 무덤을 지키는 수호신 스핑크스였다.

　'고대 왕의 무덤!'

　5막의 무대가 되는 모래사막에 무작위로 나타나는 고대
왕의 무덤. 모래사막과는 별개의 난이도를 지닌 특별한 던전
이었다.

　난이도는 최상. 물론 난이도에 걸맞게 어마어마한 보상을
얻을 수 있는 곳이기도 했다.

　참새가 떡 방앗간을 어찌 그냥 지나치겠는가. 모처럼 발견
한 먹이에 정훈이 더욱 속도를 냈다.

　"자, 답해 보라, 방문자들이여. 아침에는 네 발, 점심에는
두 발, 저녁에는 세 발로 걷는 건 무엇이냐?"

　고고하게 선 스핑크스가 발밑의 하찮은 존재들을 향해 재
차 말했다.

　보통 수호신이라 하면 그게 누구든 모든 침입자에 대해 공
격성을 띠게 되어 있으나 이 지적 생명체에겐 예외였다.

　온유한 성향을 지닌 스핑크스들은 침입자가 있어도 선뜻
공격하지 않는다.

　대신 자신이 평소 생각했던 수수께끼 중 하나를 내어 시험

한다.

수수께끼를 맞힐 경우엔 무덤에 입장할 수 있도록 길을 내어주고, 맞히지 못할 경우에도 목숨을 해하는 일은 없다.

그저 무덤으로의 길을 내주지 않을 뿐.

'후우. 아무리 생각해도 모르겠다. 이게 답이나 있긴 한 거야?'

현재 파티에서 유일한 지구인인 형수.

그는 좀처럼 떠오르지 않는 답에 골머리를 앓고 있었다.

벌써 2시간이다. 이 정도면 답을 모른다고 봐도 되지만, 좀처럼 자리를 떠나지 못했다.

그 이유는 눈앞에 있는 삼각형 형태의 석조 건물, 고대 왕의 무덤 때문이었다.

'대박의 냄새.'

형수 또한 5막까지 살아오면서 숨겨진 던전이나 임무 등을 수행했었다.

지금까지의 경험으로 미루어 보건대 이 고대 왕의 무덤이라는 곳에는 상상도 못 했던 보상이 기다리고 있을 게 틀림없다.

2시간, 아니, 10시간을 버린다 해도 남아 있을 가치는 충분하다.

'혹 이것들이 풀 수도 있잖아?'

자신은 아니어도 파티 중 누군가가 수수께끼를 풀어 낼 수도 있다.

비록 생존을 위해 임시적으로 뭉친 파티지만 공정한 전리 품 배분에 관한 약조를 한 상태였다.

무덤에 들어갈 수만 있다면 큰 활약은 아니어도 어느 정도 는 도움이 될 수 있을 터.

그렇게만 된다면 떨어지는 콩고물이라도 받을 수 있을 것 이다.

당장 해야 할 일은 기다림이었다. 누군가 수수께끼를 풀어 무덤으로의 길을 열 때까지.

"하하, 내 수수께끼는 그렇게 쉽게 풀 수 없을 것이다. 그 러니 방문자들이여, 이제 그만 돌아가는 게 어떠냐."

그렇게 또 1시간이 지났을 무렵 스핑크스가 제안했다.

기분 좋은 웃음은 현재 그의 기분을 말해 주고 있었다.

수수께끼는 그의 유일한 취미. 전혀 풀어 내질 못하는 방 문자들을 보며 희열을 느끼는 중이었다.

"으음."

그 제안에 파티의 눈동자가 이리저리 굴러갔다.

눈치를 보는 것이다.

아무리 봐도 풀 기미는 보이지 않고, 이대로 시간을 허비 하느니 차라리 그냥 보내 줄 때 가는 게 좋지 않을까 하는.

'저 괴물에게 덤빌 수도 없고.'

형수는 조금 전의 끔찍했던 기억을 떠올렸다.

현재 그들 파티의 인원은 41명이다.

하지만 불과 2시간 전만 해도 100명에 달했었다.

감쪽같이 사라진 59명. 그들은 지금 온화한 미소를 짓고 있는 저 스핑크스에게 덤벼들었다가 먹히고 말았다.

둔해 보이는 것과 달리 스핑크스의 움직임은 감히 그들의 시야로는 좇을 수 없는 수준이었다.

비록 지금까진 일면식 하나 없었다곤 하나 비명을 지르며 하나하나 먹히는 파티원을 바라보는 건 참으로 공포스러운 광경이었다.

선공격을 가한 59명의 희생을 통해 배울 수 있었던 건 절대 덤비지 말아야 할 상대라는 것.

수수께끼를 풀 수도 없고, 덤빌 수도 없다. 그렇다면 남은 결정은 하나다.

돌아가는 눈동자엔 같은 생각이 담겨 있었다.

언제 스핑크스의 마음이 바뀔지도 모르니 미련을 버리기로 작정한 듯 슬금슬금 뒤로 물러나고 있을 때였다.

휘잉.

광풍과 함께 나타난 이.

마치 처음부터 이곳에 존재하고 있었다는 듯 태연하게 모습을 드러낸 그는 다름 아닌 정훈이었다.

갑작스레 모습들 드러낸 그를 향해 주위 시선이 쏠린다.

'저, 저잔……?'

형수의 눈동자가 화등잔만 하게 커졌다.

행색은 조금 달라지긴 했으나 그 얼굴은 그의 뇌리에 선명하게 남아 있었다.

어찌 잊을 수 있겠는가. 그와 함께 4막을 거친 이라면 잊으려야 잊을 수 없는 얼굴이었다.

'폭군暴君 한정훈.'

단신으로 그리스 연합을 무너뜨린 인물.

피아를 가리지 않는 잔혹한 손 속으로 인해 폭군이라 불리는 자.

현 입문자 중 최강자 있는 입문자 중 최강자로 꼽히는 자.

화제의 인물을 만난 형수의 동공이 지진이라도 만난 듯 격렬하게 흔들렸다.

사실 59명의 파티원이 스핑크스에게 먹혔을 때도 이렇게 감정의 동요를 보이진 않았었다.

그런데도 이렇게 격렬한 감정을 보인 건 그가 정훈을 가까이에서 지켜 본 몇 안 되는 입문자 중 하나이기 때문이다.

과연 같은 인간이긴 한가 싶을 정도의 무력, 걸리적거리는 모든 생명체를 말살하는 비정함까지.

그는 절대 가까이해서는 안 될 유형이었다.

하지만 함부로 움직일 순 없었다. 섣부른 행동으로 그의 심기를 건드렸다간…….

'죽는다.'

죽음의 사신이 낯을 목 언저리에 드리운 기분이 들었다.

그 자리에 얼어붙은 형수가 할 수 있는 일이라곤 그저 신에게 기도하는 것밖에 없었다.

"수수께끼를 내 봐."

스핑크스를 눈앞에 둔 정훈이 물었다.

그 오만한 태도는 주위 입문자들의 눈살을 찌푸리게 했다.

'미친 새끼가 누굴 죽이려고.'

지금은 온화한 듯 보이나 화가 났을 때의 스핑크스는 그야말로 괴물이었다.

"이봐!"

다급히 나선 건 파티의 대표 격인 아툰이었다.

호쾌한 인상과 어디 하나 버릴 데 없는 균형 잡힌 몸에는 튼튼한 강철 갑옷이 자리하고 있었다.

강철의 아툰.

이계에 떨어진 수많은 차원 중에서도 강자들이 즐비하기로 유명한 판테라 차원 출신의 강자였다.

이 뭣도 모르는 멍청한 녀석이 스핑크스를 자극하기 전에 제지하려는 의도였다.

"……."

그러나 정훈은 신경도 쓰지 않았다.

여전히 그의 눈은 스핑크스에게 고정된 채였다.

"이런 개자식이."

"조용히 하라, 방문자. 지금 또 다른 방문자가 수수께끼를 원하지 않느냐."

욕설과 함께 기선제압에 들어가려고 했으나 스핑크스가 이를 제지했다.

"네, 네네. 알겠습니다."

매서운 그의 눈빛에 아툰은 고개를 조아린 채 뒷걸음질 쳤다.

'개새끼, 넌 내가 죽이고 만다.'

모두의 앞에서 망신을 당했다.

그 모든 게 정훈으로 인해 벌어진 것이다.

아툰의 눈에서 불똥이 튀었다.

아툰이 속으로 무슨 꿍꿍이를 꾸미고 있건 정훈과 스핑크스에는 전혀 아랑곳하지 않았다.

"듣거라. 아침엔 네 발, 점심엔 두 발, 저녁엔 세 발로 움직이는 것이 무엇이냐?"

"인간."

생각할 것도 없이 곧장 나온 답과 함께 기묘한 정적이 장내를 지배했다.

항상 실눈 상태였던 스핑크스의 두 눈이 조금씩 확장되기 시작하더니 이내 조금 전의 형수처럼 커졌다.

"이, 인간? 어째서, 어째서 인간이란 말이냐?"

당황한 스핑크스의 질문이 이어졌다.

'정답이네.'

'정답이야.'

이를 바라보는 입문자들은 확신했다.

속이 뻔히 보일 정도로 당황하는 그 모습은 지금껏 찾아볼 수 없던 것이었다.

"아기였을 때 네 발로 걷고, 성인이 되어선 두 발, 늙어서는 지팡이와 함께 세 발로 걷기 때문이지."

아침, 점심, 저녁은 시간의 흐름을 은유적으로 표현한 것이었다.

단어의 뜻 그대로 아침, 점심, 저녁을 생각하고 있으면 절대로 맞출 수 없는 수수께끼.

단어 뜻 그대로 생각하고 있던 입문자들은 그제야 자신들이 어떤 함정에 빠졌었는지 깨달을 수 있었다.

"저, 정답이다, 방문자. 내가 수천 년간 고민해 온 것을 이리도 쉽게 맞히다니."

평생의 고뇌가 담긴 수수께끼가 너무도 간단히 풀리고 말았다.

어찌 보면 화를 낼 수도 있는 상황이었으나 스핑크스는 약속을 어기지 않았다.

"가거라."

한마디를 내뱉은 스핑크스가 등 뒤의 날개를 펄럭이며 무덤의 가장 위, 뾰족한 삼각형 끝으로 날아가 앉았다.

입구에서 비켜선 스핑크스를 물끄러미 응시하고 있던 정훈이 말했다.

'뭐 하나 떨어지는 거라도 있으면 그냥 죽여 버리는 건데.'

스핑크스가 강력하다곤 하나 상대하지 못할 적은 아니었다.

만약 전리품을 얻을 수 있는 적이었다면 당장 죽여 버렸을 것이다.

하지만 스핑크스는 어떠한 전리품도 드롭하지 않는 이벤트 형태의 몬스터.

굳이 힘을 써 가며 쓰러뜨릴 이유가 없었다.

스핑크스에게서 시선을 거두어 정면을 바라보았다.

무덤으로 통하는 넓은 길.

그 너머엔 왕의 보물과 이를 지키려는 강력한 경비들이 줄을 서 있다.

두렵진 않다. 숨겨진 던전이라고 해 봐야 지금의 정훈에겐 아무런 위협이 될 수 없기 때문이다.

한 치의 망설임도 없이 발을 떼었다.

"어딜 가려고?"

하지만 앞을 막는 훼방꾼으로 인해 잠시 그 자리에 멈춰야만 했다.

"아까는 잘도 날 무시하던데. 이번에도 그래 보지?"

어느새 접근한 아툰이 짝다리를 짚은 채 앞을 막고 있었다.

강력한 존재인 스핑크스가 사라진 이상 눈치를 볼 존재는 없다.

무덤으로 가는 길마저 열린 상황. 파티원도 아닌 정훈은 반드시 제거해야 할 대상이었다.

조금 전 망신에 대한 앙갚음을 위해 눈을 부라리는 그 순간, 갑작스레 나타난 검은 낫이 아툰의 허리를 베었다.

서걱.

살이 잘리는 섬뜩한 소리와 함께 상반신과 하반신이 분리되었다.

얼마나 예리하게 잘렸는지 잘린 단면에서 피 한 방울 흐르지 않았다.

"아주 지랄을 하세요."

무심한 정훈의 한마디가 장내에 울려 퍼졌다.

그렇지 않아도 짜증으로 가득한 상태였다.

그런데 감히 자신의 앞을 막다니.

이유 따윈 필요도 없었다. 그저 그에 대한 벌을 집행할 뿐이었다.

털썩.

쓰러진 아툰의 얼굴은 평온하기 그지없었다.

자신의 죽음조차 인지하지 못한 것이다.

무심히 자신이 만든 작품(?)을 응시하던 정훈의 시선이 나머지 입문자들에게 향했다.

"덤빌 새끼는 얼른 덤벼."

먼저 시비를 걸지 않으면 보복도 없다.

정훈은 그리 경고했다.

"미친 새끼!"

"어디서 건방을 떨어?"

갑작스러운 죽음에 놀란 것도 잠시였다.

적은 혼자다.

그에 반해 파티는 40명에 달하는 인원이었다.

아툰을 손쉽게 죽일 정도의 실력자라 한들 소수는 다수 앞에 짓밟힐 수밖에 없다.

"죽여 버려!"

이럴 때는 오랫동안 같이해 왔던 동료인 것처럼 동시에 뛰어들었다.

단 한 사람, 형수를 제외하면 말이다.

사실 말리고 싶었다.

하지만 말릴 새가 없었다. 아니, 설혹 말리려고 한들 믿지도 않을 것이다, 눈앞에 있는 이가 4막을 단신으로 돌파한 괴물이라는 것을.

그렇기에 기도하는 수밖에 없었다. 제발 불똥이 자신에게 튀지 않기를 말이다.

"끄악!"

"아악!"

39인의 입문자가 정훈에게 쇄도했으나 돌아온 건 비명뿐이었다.

능력치 괴물 정훈과 공간에 구애받지 않는 낫 스퀴테가 합쳐지자 그 위력은 정말 놀라웠다.

39명 전원이 4막까지 생존한 나름 강자들.

그 능력치가 강에 이른 파티는 정훈의 손아귀에서 채 1분을 버티지 못한 채 몰살당하고 말았다.

장내에서 두 발로 멀쩡히 서 있는 존재라곤 정훈과 끝까지 자리를 지킨 형수뿐이었다.

잠깐 형수를 바라보던 정훈은 이내 등을 돌렸다.

무덤으로 가는 길 너머로 그의 모습이 사라졌다.

형수는 그 모습을 물끄러미 바라보다 다급히 반대 방향을 향해 달렸다.

마치 당장이라도 정훈이 쫓아올 것처럼 그 움직임은 다급하기 그지없었다.

"그어어……."

길목 옆에 세워진 관을 박차고 미라가 튀어나왔다.

나온 건 미라만이 아니다. 관 속에서부터 새어 나온 매캐

한 연기가 주변을 자욱하게 뒤덮었다.

평범한 먼지가 아닌 독무다.

그것도 소량으로도 수백 명의 생명체를 사살할 수 있는 시독.

그런데 그 영향권 내에 있는 정훈은 독무를 온전히 들이마시고 있었다.

특별한 해독 능력의 아이템이 있어서가 아니다.

강인함이 극, 그것도 4천이 넘는 수치를 자랑하는 그에겐 웬만한 독은 아무런 영향도 줄 수 없었을 뿐이었다.

독무와 함께 튀어 나온 미라를 바라보던 정훈이 손을 휘저었다.

히이이잉!

천마 4마리가 이끄는 불 수레가 생성되어 미라를 짓밟고 지나갔다.

태양신 헬리오스의 마차.

태양은 모든 부정한 기운을 정화시킨다.

그리고 그것은 죽음의 기운을 지닌 미라 또한 피해 갈 수 없었다.

"꾸엑!"

기괴한 비명과 함께 미라가 한 줌 잿더미로 화했다.

불사의 능력으로 무덤에 침입한 이들에게 골칫덩이로 통하는 미라의 허무한 죽음. 그건 다른 경비들도 마찬가지였다.

어떠한 함정, 어떠한 적도 정훈 앞에서 일수를 버티지 못했다.

마치 평지를 걸어가듯 무덤 안을 나아가던 정훈은 굉장히 이른 시간에 왕의 안치소에 도착할 수 있었다.

주변이 온통 황금색으로 칠해져 있는 화려한 석실의 중앙에는 다이아몬드로 만들어진 관이 놓인 채였다.

한 시대를 풍미했던 고대의 왕이 안치된 관.

당연하게도 관에는 생전에 왕이 사용하던 각종 무구와 보물들이 보관되어 있다.

단지 보물뿐만 아니라 잠에서 깨어난 왕의 분노를 고스란히 받아야 하겠지만 말이다.

강력한 적을 눈앞에 둔 정훈은 일말의 주저함도 없이 관을 열었다.

휘오오오.

바람 한 점 통하지 않는 석실 안을 휘감는 거친 바람.

그건 평범한 바람이 아니었다. 관에서 빠져나온 녹색 바람이 석실 안에 소용돌이쳤다.

이리저리 거칠게 휘저어 대던 바람이 이내 관 위로 모여들었고, 그것은 곧 하나의 형상을 이루었다.

흐릿한 영혼과도 같은 형체는 원통형의 황금색 관을 뒤집어쓴 녹색 피부의 인간이었다.

한 손에는 황금 갈고리를, 그리고 또 다른 손에는 황금 도리깨를 든 그 모습은…….

"오시리스?"

헬리오폴리스를 다스리던 왕이자 이번 시나리오에서 꽤 큰 줄기를 담당하고 있는 인물이었다.

물론 지금은 죽음의 강을 건너 한낱 원혼에 불과한 상태였지만.

'설마 여기서 볼 줄은 몰랐는데.'

오시리스의 무덤을 찾기 위해선 특별한 추적 아이템의 도움이 필요했다.

물론 아이템의 도움 없이도 찾을 확률이 있긴 하지만, 그 확률이 너무도 저조했기에 기대조차 하지 않았다.

그런데 하필이면 처음 찾은 고대 왕의 무덤이 오시리스의 것이었다.

사막 한가운데 떨어진 작은 보상이 아닐까.

그리 생각하자 조금 전의 짜증이 조금은 수그러들었다.

─세트, 네 이놈. 날 배신하다니. 죽인다. 죽인다. 모든 것을 멸하리라!

원혼이 된 오시리스에게 남아 있는 건 억울한 죽음에 대한 분노뿐이었다.

살아 있는 모든 생명에 관한 적의. 죽은 자의 속성이 그를 옭아매고 있었다.

지금껏 헬리오스 세트를 착용하고 있었던 정훈의 무장이 바뀌었다.

머리엔 황금색 왕관 퀴네에가, 몸을 감싸고 있는 건 검게 도색된 뼈 갑옷이었다.

바로 죽음의 왕 하데스의 무장.

정훈의 몸 주위로부터 생성된 검은 안개와 같은 게 주변을 잠식했다.

조금 전 오시리스가 형상을 취했을 때보다 더욱 농밀한 죽음의 기운이었다.

'아직 오시리스가 죽음의 재판관이 되기 전이니 충분히 승산이 있다.'

현명하고 어진 왕이었던 오시리스는 후에 다시 부활하여 죽음을 관장하는 재판관이 된다.

쉽게 말해 생과 사를 관장하는 최고의 권능을 얻는 것.

하지만 그게 지금은 아니었다. 후에는 하데스보다 더욱 강력한 권능을 손에 넣게 될 테지만, 지금은 한낱 원혼에 불과하다.

"죽은 자들의 왕이 왔노라."

쿠웅!

손에 쥔 사자의 홀을 바닥에 찧었다.

그리 크지 않은 작은 진동이 석실 가득 울려 퍼졌다.

-크아아!

그러자 오시리스의 원혼이 머리를 쥔 채 고통을 표했다.

하데스의 무장이 지닌 최강의 권능인 왕의 귀환이 발휘된 것이다.

영혼과 같은 정신체에 한해서만 위력을 발휘하는 이 권능의 효과는 정신 지배. 제한된 시간 동안 정신을 지배해 자신의 수족으로 만드는 것이었다.

어떻게든 의식에 침투해 오는 권능에 저항해 보려 했으나 온전한 의식도 아닌, 오시리스의 일부 파편일 뿐이었다.

─미천한 자가…… 죽음의…… 왕을…… 뵙습니다.

어눌한 음성으로 복종을 표시한다. 무릎을 꿇은 그 모습은 완전히 권능에 굴복한 것이었다.

'이게 바로 진정한 횡재지.'

오기 전까진 고대 왕들이 간직했던 보물을 기대하고 있었다.

하지만 정작 나타난 건 오시리스의 원혼.

뜻밖의 횡재였다.

당장 눈앞에 불멸급의 무구가 한가득 나타난다 해도 이보다 더 좋을 순 없다.

복잡한 과정을 거칠 필요 없이 5막을 좀 더 수월하게 진행할 수 있는 길이 열렸기 때문이다.

그 길은 바로 지금 눈앞에 있는 오시리스의 원혼이 직접 알려 줄 것이다.

"왕이 명한다. 너의 나머지 13개 육신 조각의 위치를 말해라."

오시리스는 그의 동생 세트에 의해 죽음을 맞이했고, 그 육신은 14개의 조각으로 갈기갈기 찢어졌다.

눈앞의 다이아몬드 관 안쪽에는 그중 1개의 조각이 있을 터.

하지만 정훈은 그 하나로 만족하지 않았다.

본래는 복잡하기 그지없는 과정을 통해서만 알 수 있는 나머지 조각의 위치.

그 위치를 오시리스의 원혼을 정신 지배한 김에 알아내려는 것이었다.

-왕……이시여, 제 육신이 있는 위치는…….

정신을 지배당한 오시리스는 감히 말을 거역하지 못한 채 나머지 육신 조각의 위치를 상세히 읊기 시작했고, 지금 정훈이 해야 할 일은 오시리스의 말을 머릿속에 새기는 것뿐이었다.

다음 권으로 이어집니다

ROK MEDIA
패전처리, 회귀하다
드러먼드 스포츠 장편소설
골라 봐, 랜디 존슨의 슬라이더? 리베라의 커터?
선수 생명을 담보로 꿈의 구질을 얻다!
노력만큼은 세계 최고였던 턱걸이 메이저리거
한 번의 활약도 없던 패전처리 전문 투수 문지혁
은퇴 날 찾아온 야구의 신과 기묘한 거래를 하게 되다
"누구보다 노력한 자네에게 주는 선물이네."
그 노력에, 이 재능에, 회귀까지?
지독한 연습벌레, 마구를 쥐고 다시 마운드에 오르다!

문필드 현대 판타지 장편소설
ROK MODERN FANTASY STORY

차원 이동으로 재벌된 남자

임수민 퓨전 판타지 장편소설

애만 키워도 레벨 업!

ROK MEDIA

카카오페이지 초대박작!
부성父性으로 성장한다!
『애만 키워도 레벨 업!』

가족을 잃은 대한민국 특수부대 대위 한상진
복수에 미쳐 몬스터를 잡다 목숨을 잃고
난봉꾼 루이스의 몸으로 이계에서 눈을 뜨다!
그런데 품 안에서 들려오는 아기 울음소리?

['아기에게 음식을 먹여라' 퀘스트를 훌륭하게 완수하셨습니다.]

애만 키워도 레벨 업이 된다!
그나저나…… 아이의 엄마는 누구?

알콩달콩 해피 패밀리 라이프를 향한
한상진+루이스의 육아 전쟁!